ファン文庫

ニシキタ幸福堂

なりゆき夫婦のときめきサンドウィッチ

著　烏丸紫明

マイナビ出版

Menu

Nishikita Kofukudo

一品目

幸せの味　厚焼き玉子サンド

もう我慢の限界だった。

目の前には、人形のように整った顔立ちの男性が、微動だにすることなく座っている。まさしく〝人形のように〟だ。引き締まった頬。すっと通った鼻筋。きりりとした眉。物憂げに半分伏せられた思慮深そうな双眸は、しかし精悍で鋭く、野性的。しっかりと引き結ばれた唇には、強い意思を感じさせる。そんな思わず息を呑むほどの美青年は、先ほどからピクリとも表情を動かさない。そう——人形のごとく。

だが、もちろんそんなわけはない。すぐにでも、彼は苛烈な怒りに顔を歪めるはずだ。自分が——藤島晶《ふじしまあきら》が、平静を保っていられなくなったように。

「圭祐《けいすけ》の口座って、誰かチェックした？」

伯母が、向かいに座る息子のコップにビールを注ぎながら言う。場違いな大きな声だ。聞きたくないのに、耳に入ってしまう。

「まだだけど。貯金があるかどうかは怪しいぞ。このご時世に自営業だ。貯金どころか、下手すりゃ借金があるんじゃないか？　小さいパン屋だったしな」

男性の隣——晶の斜め向かいに座る伯父が、首を横に振る。

「でも、そこそこ流行ってたそうじゃない？　それに、そのお店見た？　自宅兼店舗の一戸建て。私、びっくりしちゃった。てっきり賃貸だと思ってたから」

「だからじゃないか。開業資金、ありゃ相当かかったろう。流行ってるように見えても家計は火の車かもしれないぞ」

「でも西宮って、関西でもとても人気の街なんでしょう？　だったら地価は低くないと思うけど？　土地と建物を売れば、借金があったとしても……」

「なるほどなぁ、それは調べてみなきゃだなぁ」

　これが、精進落《しょうじん》としの場でするような話だろうか？　亡くなった人の財産の話なんて。しかも、その一人娘の横で。

　もちろん精進落としは、四十九日の忌《いみ》明けに、それまで肉魚を断っていたのを通常の食事に戻す区切りというのがそもそもの意味。『日常』に戻るための行為なわけだから、あれが不謹慎だ、これが不適切だというのは、おかしいことなのかもしれない。

　今は四十九日まで生臭ものを断つなんてことは普通しないし、火葬場から戻った際、あるいは初七日法要の際に親族やお世話になった方に酒食を振る舞ったり、お坊さまに感謝のために用意する宴席を『精進落とし』と呼ぶのが一般的だ。

　だがそれでも、故人への供養と参列者へのお礼とお清めの意味が込められた席であることには変わりがない。よって――ここで語らうべきは故人にかんする思い出であって、故人の財産についてあれこれ言うなんて無粋どころの話ではない。

　まるで会議室か何かのような、のっぺりした白い壁だけがある殺風景なこの部屋には、晶と、晶の向かいに座る男性。伯父家族、伯母家族の合計十名のみ。だからだろうか？　先ほどから、伯父も伯母も大声でしゃべりっぱなしだ。ときには笑顔まで見せる始末。それだけでも腹が立つのに、今度はお金の話か。

（ああ、イライラする……！）

　つくづく、思う。お坊さまがここにいなくてよかったと。予定が詰まっているらしく、初七日法要が終了してすぐにお帰りになったのだ。

「あ、あのさ……父さん。そういう話はまだ……」

　舌打ちしたい気持ちで精進落としの仕出し弁当をにらみつけていると、隣の従兄弟がなんとも居心地悪そうにしながら、父親――晶の伯父をたしなめる。

「何を言っとるんだ。正孝《まさたか》。父さんも伯母さんたちも、そうそうこちらには来られないんだから、今話さないでいつ話すんだ」

「い、いや、だけど……遺産的なものについては晶ちゃんが決めることだよ。うちにはそんな権利ないでしょ？」

「は？　圭祐と加奈子《かなこ》さんは十年以上も前に離婚しているんだぞ？　晶ちゃんの親権は加奈子さんが持ってた。圭祐と晶ちゃんは十年以上会ってないって話だ」

「そうよ。喪主の挨拶で晶ちゃんも言ってたでしょう？　それに、圭祐は加奈子さんのお葬式にも来なかったんだから」

「そ、それはそうなんだけど……」

正孝がモゴモゴと言葉を濁した瞬間、その隣に座る男性がため息をつく。彼の兄だ。

「あのね、父さん。離婚したら、配偶者である加奈子おばさんに遺産を受け取る権利はなくなるけれど、子供は関係ないんだ。両親が離婚したからといって、圭祐おじさんと晶ちゃんの親子関係は解消されない。法定相続人は晶ちゃんなんだよ」

「……！　そうなのか？　和孝《かずたか》」

「そうなの。うちには関係ないの。うちだけじゃないよ。道子《みちこ》伯母さんのところも」

伯父と伯母が、顔を見合わせる。なんとも微妙な表情だった。少しホッとしたような、あてが外れてがっかりしたような。そんな表情にも腹が立つ。

「い、いや、そうは言ってもだ。あの土地も家も、晶ちゃん一人で処分できるものでもないだろう。誰かが手伝ってやらないと。晶ちゃんだって東京暮らしなんだし、ずっとこちらにいられるわけじゃないんだから……」

一瞬黙ったものの――チラチラと晶の様子を窺いながら、伯父が反論する。

「そうよ。遺品整理だって、一人でできるもんじゃないわ。親族の手助けは必要よ」

「っていうか、そもそも遺品整理はともかく家と土地を処分するなんて、いったい誰が決めたの？」

和孝がビールのグラスを傾けながら、晶が感じていた疑問をそのまま口にする。

だが、伯父にとっては思ってもみなかった言葉だったらしい。一瞬ポカンとしたあと、何を言っているんだとばかりに眉を寄せた。

「当然だろう？　圭祐が……店の主が亡くなったんだぞ？」

「でも、一緒に店やってた人、いるじゃん？　諏訪《すわ》さん、だっけ？」

和孝が晶の前に座る男性をチラリと見る。晶もつられて彼の端整な顔を見つめた。

諏訪悠人《はるひと》。四日前——病院に駆けつけた晶に、彼はそう名乗った。年齢は二十九歳。晶の六つ上。父が営んでいたパン屋の従業員とのことだった。

そして、父とともに暮らしていたらしい。

「だが、店主は圭祐だろう？　圭祐が死んだのに……」

「共同経営者かもしれないじゃん。だって、一緒に暮らしてたんでしょ？」

「……！　そ、そうだったとしても、家と土地が彼のものになるわけじゃない。彼には、相続権がないだろう？」

「わかんないよ？　遺言状みたいなのがあれば」

その言葉にギョッとして、伯父が長テーブルを叩く。

「たかが従業員に、店はともかく家や土地まで相続させるなんてことが可能なのか!?」

たかが。その言葉にカチンときて、晶は伯父をにらみつけた。

父が事故に遭ったとき真っ先に駆けつけ、看取ってくれたのは誰だと思っているのか。あらゆる方面に連絡してくれたのも諏訪だ。両親が離婚してから十年以上——父とは完全に音信不通だった。当然、父の交友関係など知らない。それでも、多くの方が参列してくださった。それらすべて諏訪のおかげだ。

葬儀の手配もほとんど諏訪がやってくれた。勝手にやってくれたという意味ではない。そんなこと訊かなくてもいいのにと思うことまで、諏訪はいちいち晶に、「これでいいか？」と訊いてくれた。正直に「訊かれてもよくわからないから、適当に決めてくれていいよ」と言ったのだが、それでも諏訪は「喪主は君だから」と、その姿勢を貫いた。おかげでこの四日間——晶は親族と一緒にいるとき以外は、常に諏訪と一緒だった。

（あ……）

そこまで考えて、ようやく気づく。ああ、そうか。諏訪は、親族でもないのに勝手をするわけにはいかないというスタンスを貫くことで、晶を独りにしないようにしてくれていたのだ。おそらくは、一人娘である晶のことを心配して。

通夜、葬儀、火葬、繰り上げ初七日法要、精進落とし――すべてが滞りなく行われるように、誰よりも忙しく動きながら、誰よりも自分を気遣ってくれていたのだ。

(今、気づいた……)

あらためて、優しい人なのだと思う。そして、さりげない気遣いができる人なのだ。伯母は「むっつりして愛想がない人ねぇ。何を考えているかわからないし、なんだか怖いわ」などと言っていたが、晶にしてみれば、そんなことを本人が近くにいるのにもかかわらず平気で言える人のほうがよほど怖い。仮に、諏訪がニコニコと愛想よくしていたって、「お葬式でヘラヘラ笑ったりして、常識がない。感じ悪い」などと言ったに違いない。結局のところ、伯母は諏訪がここにいること自体、気に入らないのだ。

ともあれ、あれこれ忙しく動いてくれている諏訪を見て、自分は椅子に根ざしたまま、何一つ手伝うことなく、「何？　喪主でも気取ってるのかしら？　親族でもないのに、図々しい」と言ったことだけは、絶対に許す気はない。

(ああ、早く終わってほしい……)

これ以上、伯父や伯母が諏訪に失礼なことを言わないうちに。早く。早く。

そう思えど――しかし、仕出し弁当が配られてからまだ十分ほどしか経っていない。

もちろんみな、まだ半分も手をつけていない。ここでお開きというわけにはいかない。

だが、一刻も早く終わってほしいと願ってしまう。それが無理なら、誰でもいいから伯父と伯母を黙らせてほしい。

「遺言書で誰にこれを遺して、誰にあれを遺すって指定してても、ほかの相続人には、最低限得られる財産が保障されてるよ。遺留分《いりゅう》っていうんだけどね？　でも遺留分って、ちゃんと法的に請求しなきゃ駄目なんだ。自動的にもらえるもんじゃないわけ。つまり晶ちゃんが請求しなきゃ、相続は遺言書どおりになるってこと」

「そんな馬鹿なことがあるか！」

「そうよ！　おかしいじゃない！」

和孝の説明に、伯父と伯母が声を荒らげる。それにまた苛立つ。

仮に諏訪にすべてを遺すという遺言書があったとして、それの何が問題なのだろう？　ともに暮らし、ともに働いていたのだ。父の一番近くにいた人間は、間違いなく諏訪だ。父が一番信頼していたのも、おそらくは。

ならば、父が諏訪にすべてを遺したいと思うのは、当然のことではないのか。

「……いや、全部可能性の話だし。なんで怒ってんの？」

和孝がうんざりした様子で二人を見る。

「そもそも財産と呼べるものがあるかどうかも、まだわからないんでしょ？」

「そ、それは……そうだが……」

「ねぇ、いったい何にそんなにこだわってんの？　たかが従業員でなければいいわけ？　仮に彼が女性で、内縁の妻的な存在だったら、自分たちに権利がないってことに素直に納得できたの？」

「っ……そ、それは……」

伯父と伯母が苦虫を嚙み潰したような顔をする。

「し、しかし……現実問題、彼はただの従業員で……」

「だからさ、女性だろうが男性だろうが、内縁の妻だろうが同居人で従業員だろうが、優先されるべきは圭祐おじさんの意思であって、感情なんだよ。それに対して、外野がブツブツ言うのが間違ってんの。なんでそれがわからないんだよ？」

「……でも……」

和孝がこれだけ言っても、まだ伯父と伯母は不満げだ。

（ああ、イライラする……）

チラリと諏訪の様子を窺うも、電源でも切れているかのように、彼は微動だにしない。

その表情も、まったく変わらなかった。

しかし――だからといって、不快に思っていないということにはならない。

そもそも和孝の言うとおり、財産なんて呼べるものがあるかどうかもわからないのだ。あったとしても伯父や伯母にそれを受け取る権利はない。それなのに、通夜のときから車は持っているか。預貯金はあるのか。祖父母が亡くなったときに受け取った保険金は残っているのか。店の評判はどうなのか。経営状態はどうだったのか。会ってもいない晶が知るわけがないと言っても、そんなことばかり訊いてくる。何度も、繰り返して。思い出の一つも語ることなく、だ。そのうえ、精進落としの場でもこれだ。

（もういいかげんにしてほしい……。いくら、疎遠だったからっていっても……）

父は、離婚後にここ――兵庫県西宮市に引っ越したらしい。なぜ、地元であり、今も伯父たちが暮らす岐阜県に戻らなかったのかはわからない。が――とにかく晶がそれを知ったのは、二年前に母の訃報を知らせるために伯母に父の連絡先を訊いたときだった。

そのときも、そして母の葬儀の際も、伯母は言っていた。「私たちも圭祐とは年賀状のやりとりしかしていないの」と。そしてそれは今も変わっていないはずだ。なぜなら、父が車を持っているかどうかすら、伯母は知らないのだ。

それもあって、もしかしたらこの場で語って聞かせるような思い出話などないのかもしれない。だからといって、これはあんまりだろう。弟を亡くしたとは思えない伯父と伯母の態度に、さらなる嫌悪感が募る。

「じゃ、じゃあ、まずは圭祐の家に行って、遺言状があるかどうか探してみよう！」

「そ、そうね。それがいいわ！　そうしましょう！　ねっ？　晶ちゃん！」

伯母が大きく頷き、今にも立ち上がらんばかりの勢いで身を乗り出す。

諏訪のほうは見もしない。なぜ？　諏訪は父と暮らしていたのだ。つまり、父の家は、同時に諏訪の家でもあるのだ。となれば、遺品を整理するにしろ遺言状のようなものを探すにしろ、まず諏訪に許可を取るべきだろう。それなのに——。

（なんて恥ずかしい人たちなの！）

我慢の限界は、とうに超えていた。

すさまじい羞恥を覚えるのと同時に、晶は立ち上がって叫んだ。

「結構ですっ！　その必要はまったくありませんからっ！」

考えるよりも先に、言葉が口をつく。

「家も土地も絶対に売りません！　売る必要がないんです！　店は続けますから！」

一刻も早く伯父たちを黙らせたかったのもあると思う。申し訳なくて、申し訳なくて、たまらなかった。諏訪は怒らないでいてくれているが、それは耐えてくれているだけだ。

数々の不作法や無礼を、不快に思っていないわけではない。

「え……？　で、でも、晶ちゃんは東京で……デザイン事務所で……」

伯母がひどく驚いた様子でモゴモゴと言う。そんな伯母をにらみつけて、晶はさらに言葉を続けた。

「ああ、お伝えしてませんでしたね。私、二週間前に仕事辞めたんですよ！　こっちに越してくる予定で、すでに今のマンションに解約通知も出しています！　私はパン屋を継ぐんです！　諏……悠人さんと一緒に！」

「悠人、さん？」

正孝が目を丸くし、和孝が首を傾げる。

「え……？　二人って、そういう……？」

「ええ、そうです！　悠人さんは、ただの従業員なんかじゃありません！」

晶はバンッと長テーブルを叩いた。

「悠人さんは、父の店の正式な後継ぎです！　私、悠人さんと結婚する予定ですから！　勝手なことばかり言わないでください！　っ……！」

言ってしまった瞬間、やってしまったと思った。

諏訪の反応が怖くて、そちらが見られない。でも——もう止まらない。止められない。

一度口から出てしまった言葉を取り返す方法などない。

あとには引けない——！　晶はさらに声を張り上げた。

「ご心配いただきありがとうございます！　でも、伯父さんや伯母さんの手を煩わせるつもりはありません！　遺品整理などもすべて、私と悠人さんでやりますから！」

◇＊◇

関西の『住みたい街（駅）ランキング』にて、二位以下を大きく引き離して、何年も連続で第一位に輝いている、兵庫県は『西宮北口』——。

大阪梅田にも、神戸三宮にも、特急電車で十五分弱で到着する利便性の良さに加えて、駅の周辺には西日本最大級の売り場面積を誇る阪急西宮ガーデンズをはじめとする大型ショッピングモールやそのほか商業施設、おしゃれなカフェや飲食店が集まっている。

そのいっぽうで、市が文教地区として力を入れているのもあって、雀荘やパチンコ店、ゲームセンター、カラオケボックス、サウナやカプセルホテルなど、歓楽的要素の強い施設はほとんどなく、駅からほんの少し歩いただけで緑豊かな閑静な住宅街が広がり、子供たちの楽しげな声が響く公園はもちろん、手入れされた畑なども数多く見られる。

大学のキャンパスがいくつもあり、周辺の私立の小・中学校の偏差値も軒並み高め。学習塾や予備校も数多くあり、学びの街としての色が強い。

にぎやかでありながら、閑静で落ち着きがある。おしゃれでありながら、ナチュラル。

そして都会でありながら、どこかのどかで牧歌的――。

環境のバランスがとてもよい、なんとも魅力的な街だ。

『ニシキタ』の愛称で親しまれ、おしゃれや流行に敏感な若者から、いい環境で子供を育てたいファミリー層、毎日をゆったり穏やかに過ごしたい年配の方まで、常に幅広い年齢層の人たちにあふれているこの地に――その店はあった。

蔦の絡まるアンティークな赤煉瓦の壁に鱗形状の瓦を使用したデザイン性の高い屋根。繊細なエッチングガラス入りのヨーロッパアンティークドアは気品のあるアーチ形で、かつ観音開き。金色のノブには『Closed』の札がかかっている。

その扉の横には、レトロな真鍮製の看板がかかっていた。それには『サンドウィッチ専門店』と書かれており、その下にはおしゃれなカリグラフィで『Salle du Bonheur』と『幸福堂』の文字が。

「……サァル、ドゥ、ボヌール……幸福堂……」

佇まいだけではなく店名もクラシカルだ。煉瓦造りの洋館によく似合っている。

「……素敵……」

でも、サンドウィッチ専門店？　パン屋と聞いていたのだけれど。

首を傾げていると、晶に続いてタクシーから降りてきた諏訪が「どうした？」と隣に並んだ。

「あ、いえ、その……普通のパン屋を想像していたもので……」

「……？　普通のパン屋だけど？」

諏訪が「何か変か？」と言いながら、重厚な扉を指差した。

「あっちが、店舗。一階のもう半分と、二階が住居。家の玄関は裏手になる」

それだけ言って、さっさと歩き出す。晶は慌てて、そのあとを追った。

（や、やっぱり……怒ってるよね……？）

無理もない。いや、怒らないほうがどうかしている。暴走してしまっただけではない。その嘘を貫き通すため、あれから斎場ではずっと「悠人さん」と呼んで、婚約者ヅラをしていたのだから。

タクシーの中でもずっと黙ったままだった。恐ろしくて話しかけることができなくてここまで来てしまったけれど——ああ、やっぱりすぐに謝るべきだった。

諏訪が玄関のドアを開けて、無表情のまま短く「どうぞ」と言う。晶は諏訪に続いて中に入るなり、その大きな背中に向かって勢いよく頭を下げた。

「大変、申し訳ありませんでした！」

「え……？」

なぜかとても驚いた様子で諏訪が振り返る。そして、傍らのシューズボックスの上に鍵を置きながら、小さく首を傾げた。

「ええと……何が？」

「は……？　な、何が？」

思いがけない言葉に、反射的に顔を上げる。え？　何が？　って……何？

目をぱちくりさせていると、諏訪は相変わらずの無表情のまま、首を横に振った。

「なんのことかわからないな。だから、何も謝ることはないよ。怒ってないから」

「えっ⁉　お、怒ってない？　そんなまさか！　とんでもない暴走をやらかしたのに！　それに、伯父や伯母も失礼過ぎる発言を連発していて……」

「……いや、俺、実はほとんど耳に入ってなかったというか」

耳に入ってなかった？

「え、ええと……？　それって……」

「いや、本当に。失礼なら、俺だっていい勝負だと思う。耳に入ってなかったと言うと、聞こえがよくなっちゃうか。あの方たちの話をまったく聞いていなかったって点で」

「え？　さっき、ほとんどって言いませんでした？」

まったく?

啞然としてさらに目を丸くすると、諏訪は少しだけバツが悪そうに肩をすくめた。

「……すまない。白状する。まったく聞いてなかった」

「……もしかして、相当お疲れなのでは?」

いや、疲れているのだろう。疲れていないはずがない。葬儀を滞りなく終えるために、ほとんど役立たずの晶に代わって動き回っていたのは、誰であろうこの諏訪なのだ。

「いや、別段疲れてはいないかな。そうじゃなくて、店の今後のことを考えていて……そのことばかりが気になってしまっていて……」

「お店の?」

「圭祐さんが亡くなって、今までどおり続けられるのかとか……そもそも土地と建物は圭祐さんの財産だから、続けるためには相続人の藤島さんに頼み込むしかないんだけど、賃貸という形になると、経営的にどうなんだとか……やっていけるのかとか……」

「ああ……」

なるほど。お店と自身の今後について考えていたのか。

それなら、話を聞いてなくて本当によかったと思う。彼らは、土地と建物を処分するものと決めつけて、諏訪の都合も訊くことなく勝手な話をしていたのだから。

「あ、いや……すまない。決めるのは、あくまで藤島さんだ。それはわかっているから、安心してくれ。絶対に勝手なことはしない。ただ、藤島さんに迷惑をかけないためにも、早急に具体的な今後のプランを立てて、相談させてもらわなきゃと思っていたから……。ええと、だから……その……」

諏訪はモゴモゴと言い淀み、そっと息をついた。

「ほかごとを考えていて、まったく聞いてなくて……すまない……」

「いいえ。伯父たちが何を言っても無反応で、電源が切れてるみたいな様子だったのは、そういうわけだったんですね。……よかったです」

むしろ安堵する。本人の耳に入らなければいいというわけではないけれど、それでもあれだけ不愉快な言葉の数々だ。耳に入らないに越したことはない。

「いや、よくはないだろう？　精進落としの場で、誰の話も聞くことなく自分の考えに没頭していたんだぞ？」

「いいえ、それはそうなんですけど……私としては伯父も伯母も本当に失礼なことばかり口にしていたので、むしろ聞かないでいてくれてよかったです」

「そうなのか？」

「はい。本当に申し訳ありませんでした」

「謝らないでくれ。不快になんて思っていない。むしろ、誤解させてしまってすまない。俺は表情筋が死滅しているもんだから」

「表情筋が死滅って……」

言い方がなんだか面白くて、クスッと笑ってしまう。

そんな晶に、諏訪は無表情ながら少しだけホッとしたように目を細めた。

「そういうわけで、気がついたら藤島さんが俺と結婚してパン屋を継ぐ宣言をしていて、だから……その……実は経緯がよくわかっていなかったりするんだ」

「う……。本当に申し訳ありません。全部説明させていただきますので」

ペコペコと頭を下げる晶に、諏訪が再び頭をかく。

そして、あらためてじっと晶を見つめた。

「でも謝るってことは……結婚する気はないんだよな？」

「え？　あ、はい。もちろん……っていうのも失礼ですよね。でも、その気はないです。本当にまったくもって。あ……！　諏訪さんに魅力がないって意味ではないんですけど、ええと、だからその……大丈夫です」

大丈夫ですというのも、変か。自分で言っておいてなんだけど、何が大丈夫なのか。

――なんだか、言葉を重ねれば重ねるほど失礼をしてしまっているような気がする。

「……すみません……」

「いや、謝らなくていいよ。失礼だなんて思わない。女性に好かれるほうじゃないのは、自分が一番よくわかっているから」

「は……？」

何を言ってるんだろう？　この人。どれだけ整った容姿と恵まれた体格をしていると思っているのか。これだけイケメンで、そのうえ優しくて、気遣いができるとなれば、引く手数多どころの話ではないだろうに。

「……本気で言ってます？」

苛烈な争奪戦が繰り広げられてしかるべき優良物件だと思うのだけれど——西宮では違うのだろうか？

「もちろん。とにかく、俺は人づきあいがド下手くそでね。なにせ、愛想笑いの一つもできないから」

だが、諏訪はすこぶる真面目な顔をして言う。——どうやら本気で言っているらしい。

「……信じられない……」

「何が？　まぁ、とりあえず、中に入って。こんなところじゃなんだから」

「あ、はい。ええと、おじゃまします……」

おずおずと頭を下げ、諏訪に続いた。

十四〜十五畳ほどのＬＤＫ。天然木のよさを存分に感じられるナチュラルなリビングダイニング。無駄なものが一切なくすっきりとしていて、ミルキーグリーンと生成りで統一されたファブリック類がなんとも優しく、暖かな印象。

キッチンも、ナチュラルな木の色と白のモザイクタイルの組み合わせがとても可愛い。きちんと片づいていて、掃除も隅々まで行き届いている。

——失礼だけれど、とても男性の二人暮らしとは思えない部屋だった。

とはいえ、男性の部屋に入った経験なんて数えるほどしかない。もの珍しさにキョロキョロしていると、上着を脱いだ諏訪がコーヒー豆のキャニスターを手に晶を見た。

「コーヒー淹れるけど……飲めるか？　ほかのものにしようか？」

「あ、はい。大丈夫です。好きです」

諏訪がしっかり手を洗って、全自動のコーヒーメーカーに豆と水をセットする。ガリガリと豆を挽く音がして、コーヒーのなんともいえないよい香りが漂い出す。

「砂糖とミルクは？」

「砂糖はいらないです。ミルクは……牛乳があるなら。フレッシュは苦手で……」

「……俺と同じだな。牛乳は温めたほうがいいか？」

「いえ、冷たいままで。量は入れないので、そのほうが温度がちょうどよくなるんです。私、猫舌なんで」

「……それも同じだ」

諏訪がわずかに目を細める。ともすれば見逃してしまいそうなほど、ささやかな笑み。だが、それははっきりと優しくて——ホッとする。さっきまでささくれだっていた心が鎮まってゆく。

晶は一つ息をつくと、あの発言をするに至るまでのことを話しはじめた。

伯父や伯母が、父の——あるかどうかもわからない『遺産』に執着を見せていたこと。諏訪を無視して、土地建物を処分する方向で話を進めようとしていたこと。その中で——いや、正確には通夜の前から、伯父も伯母も諏訪に対してひどく失礼な言動を繰り返していたこと。

そして、精進落としの場でのそれはとくにひどく、我慢ができなくなったこと。具体的な言葉は伝えたくなかったし、そもそも口にしたくなくて伏せたが、それでもあのときの怒りと羞恥がまざまざとよみがえる。晶は奥歯を嚙み締めた。

「とにかく、黙らせたかったんだと思います。だって、もう聞いていられなかった……。恥ずかしくて、不愉快で……。だから、その……とっさに、あんなことを……」

「……なるほど。それで結婚って言葉が出たのか……」

諏訪は、たかが〝パン屋の従業員〟ではない。

そして、ただの〝故人の同居人〟でもない。

法定相続人である晶の伴侶となる者——。つまり、部外者どころか、故人にとっては息子も同然の近しい存在。

葬儀を取り仕切っていたのは、故人からも、晶からも、一番信頼されているから。

だからこそパン屋の今後についても、遺品整理についても、もちろん財産についても、諏訪抜きでは絶対に考えられないことなのだと。

もちろん、大嘘だ。しかし、その一言で、諏訪の立場と権利は確固たるものになる。

それを狙っての——暴言。

「……本当に、申し訳ないです……」

「いや……」

冷蔵庫から牛乳を取り出しながら、諏訪が首を横に振った。二つ並んだマグカップにそれを少しずつ入れ、スプーンでくるくるとかき混ぜる。

「あらためて説明してもらっても、謝罪の必要性はどこにも見当たらないんだが……。俺のために言ってくれたんだろう？」

「……わかりません」

スプーンをシンクの洗い桶に入れると、諏訪はマグを持ってダイニングテーブルへ。テーブルの上に置かれた、ふわりと湯気の立つマグを見つめて、晶は正直に言った。

「そんないい話ではないような……？　私が嫌だったから。私が不愉快に思ったから。我慢できなかったのは、私です」

促されて、諏訪の前に座る。晶は温かなマグを両手で包んで、そっと目を伏せた。

「諏訪さんのことをちゃんと考えていたら、いくらとっさのこととはいえ、そんな嘘はつかなかったんじゃないかなって……。だって、恋人がいらっしゃるかもしれないのに。その方の耳に入ったら、とんでもないことになってしまうかもしれないでしょう？」

「恋人なんていないけどな？」

「それは結果論です」

暴言の時点で、晶はそれを知らなかったし、また確認もしていなかったのだから。

「私っていつもそうなんです。曲がったことが許せないっていうか、正義感が強いっていうか。それだけならいいんですけど、それゆえに暴走することや人と衝突することも結構多くて……」

「そうなのか？」

「退職理由がまさにそれです。お局的存在の先輩による理不尽な後輩イビリ――私から見たら同僚ですね。同僚が何かにつけてつらく当たられているのを見過ごせなくって、それを批判したあげくに、先輩の教育方針にまで口を出してしまったんです。私自身、この春にようやく勤続一年っていうド新人なのに……」

「……新人だからって、理不尽に黙って従う必要はないと思うけど」

「そうなんですけど……。でも正義感だけでも、駄目なんですよ」

事実、晶は会社から、ほかの従業員たちから、〝能力もないクセに社内の空気を乱す厄介者〟扱いされたのだから。

理不尽な後輩イビリをしようとも、その先輩は会社になくてはならない実力者だった。そして自分は、ようやく勤続一年のド新人。戦力に数えられるような存在でもなくて。あの会社では、見て見ぬフリをするのが正解だったのだ。先輩にへそを曲げられては、たちまち仕事が滞ってしまうから。

一人が我慢すればいいだけの話。その最小限の犠牲で、すべてが潤滑に回るのだからそうするべきなのだと、みんなは考えていた。だから、そうした。晶以外のみんなは。だからこそ晶を責めた。どうして、お前はみんながしているようにできないのかと。あげくのはてには、庇ったはずの相手にさえ非難された。何もできないくせにと。

「不用意に首だけ突っ込まないでよ！　解決できもしないクセに！　藤島さんのせいで、私の立場はもっと悪くなった！　どうしてくれるの!?」

ボロボロと涙を零しながら詰る彼女に、晶は何も言うことができなかった。

なんとかできないかと奔走したものの——結局居場所を失ってしまい、退職するしかなくなってしまった。

それを告げたときの、彼女の冷たい一言が、忘れられない。

「……いいよね。アンタは逃げれば済むんだもんね」

反論など、できるはずもなかった。

「……大した能力もないクセに、正義感だけで後先考えず暴走しちゃう私みたいなのは、本当に迷惑でしかないって言うか……」

自分が許せないから。我慢ならないから。ただそれだけで行動して、結果自身が一番彼女を傷つけてしまった。

「…………」

「恋人にもそれで浮気されちゃって……つい先日別れました。正論ばっかり振りかざす私は疲れるんだそうです。緩さがない。優しさがない。寛容さがない。思いやりがない。だから、可愛げがないって……」

仕事を辞めた直後に彼氏の浮気発覚。すでに精神的にボロボロになっている状況での裏切りに、晶の中でポッキリと何かが折れてしまった。いつもの晶なら泣いて、詰って、責めただろう。けれど、涙はもちろん、文句の一つも出てこない。怒りも湧いてこない。ただ呆然とすることしかできなかった。

そんな晶に――しかし恋人は謝罪もそこそこに、理不尽に開き直ってみせた。お前も悪いんだぞと。

「お前がもっと優しくて、思いやりがあって、可愛げのある性格だったら、ほかの子に癒やしを求めることもなかったさ！」

反論など、しようとも思わなかった。

そのまま何も言うことなくさっさと家に帰り、通話アプリやSNSなどをブロック。メールも受信拒否、電話も着信拒否した。そして翌朝、不動産会社に部屋の解約通知を提出した。

理由は、彼が住むマンションが、晶が住む場所から徒歩十分ほどの距離にあるからだ。つまり生活圏が丸被り。ここに住んでいるかぎり、最寄り駅で、コンビニで、ドラッグストアで、スーパーで、カフェで、居酒屋で、何度も顔を合わせることになってしまうだろう。それは絶対に嫌だった。考えるだけで我慢ができなかった。

なんと言われようと、二度と顔を見たくなかった。

次の住居はもちろん、就職先すら決めていないのに、解約通知を出してしまうなんて見切り発車もいいとこだが、通知を出してから実際に部屋を出るまでには一ヵ月ほどの猶予がある。変にえり好みさえしなければ住むところはすぐに見つかるだろう。だから、まずは引っ越しをしてから再就職先を探すつもりだった。

本当に必要なもの以外、厳しめに断捨離をして、毎日使うものと衣服の一部を残して箱詰めし、持っていく家具・家電を綺麗にして、部屋の隅々までピカピカに磨き上げて、今日から不動産屋巡りをはじめようというタイミングで、父の事故の知らせが届いた。

「…………」

晶は手の中のマグを見つめて、ため息をついた。悪いことは重なるなどというけれど、それにしたって続き過ぎだろう。

「そういうわけで、本当に二週間前に仕事を辞めて、部屋の解約通知も出してたんです。だから……というのも変な話ですけど……あんな言葉がスルッと口から出てしまったと言いますか……」

「……なるほど。結婚してパン屋を継ぐ宣言に至った経緯についてはわかった。だが、すまない。正義感云々にかんしては、よくわからない。というか、納得ができないな」

「え？」

「理不尽な後輩イビリを見過ごせなかったのは、君が優しいからだろう。批判したのも、教育方針に口を出したのも、イビられている子がもうつらい思いをしなくてすむように、なんとかしたかったからだ。それは君の優しさ——思いやりからの行動だろう？」

思わず目を見開く晶をまっすぐ見つめたまま、諏訪がきっぱりと言う。

「その場にいたわけでもないし偉そうにものを言える立場ではないが、少なくとも俺は、見て見ぬフリをする人間を優しいなんて思わない」

「……それは……」

「職場の空気を悪くしたという点で責められるべきは批判した君じゃない。間違いなく、批判されるようなことを日常的にしていた君の先輩と、その行いを黙認していたほかの人間のほうだ。もっと言うなら、見過ごしていた会社自体も責められてしかるべきだと、俺は思う」

「…………」

「今のは、ほかの人たちも会社も、単純に自分たちの非を認めたくないから、一人だけ正しいことをした君を『空気を乱した』なんてわけのわからない理由で排除したという話なんじゃないのか？」

「え、ええと……それは……」

「彼氏の話もそうだ。君の性格とそいつの浮気になんの関係があるんだ。本当に、君の性格に疲れたんだったら、魅力を感じなくなったのなら、別れればいいだけの話だろう。君とつきあったまま、ほかの女性に手を出す理由にはなっていない」

伯父や伯母が何を言おうと眉一つ動かさなかった諏訪が、はじめて不愉快そうに眉を寄せる。

「どれだけ相手の性格に難があろうと、騙して裏切っていいことにはならない」

「……っ……」

じわりと胸が熱くなる。――諏訪の言うとおりだ。だが理不尽だと思いつつも、晶はそれを相手にぶつけることができなかった。

晶が呑み込んでしまった思いを理解してくれた――。それだけで涙があふれてしまいそうだった。

「藤島さんは悪くないよ。いじめの件はともかく、恋人のほうは絶対に」

どこまでも穏やかで優しい声音。その包み込むような温かさに、深く傷つき、凍えて頑なになっていた心が少しずつ綻んでゆく。

「……ありがとう……ございます……」

　晶は顔を上げ、なんとか笑った。

「でも私、たしかに彼の言うとおり寛容ではないのかなって……。今回のことでそれを痛感したというか……」

「……いや、でも……」

「あ、もちろん、だから『浮気されても仕方ない』なんて思ったわけじゃないですよ？ ただ単純に、当たってる部分もあるなぁって思っただけの話で……」

　ああ、たしかに寛容じゃない。この四日間――何度もそう思った。

「実は私、父のことがまだ許せてなくて……。私が十歳のときに、父は出て行きました。その日のことは、よく覚えています。母はひどく泣いていて……。私が何を言っても、父は返事をするどころか、こちらを一瞥すらしなくて……。幼心にも、父が自分たちを捨てたことが理解できてしまって……」

「……それは……」

「もちろん、今はちゃんとわかっています。男女のことで、どちらか一方が悪いなんてことはありません。離婚に至った理由がなんであれ、父も母も同じだけ傷ついてたはずなんです。でも、幼い私の目に、慟哭する母の姿はあまりにも痛ましくて……立ち去る父の背中はあまりにも冷たくて……」

頭ではわかっていても、心がついてゆかない。

きっと、心に痛過ぎたのだ。出て行く父の背中が。

悲しくて、つらくて、だからこそ未だに許せない。

母と自分は捨てられたのだという意識が消えない。

「父は、母の葬儀にも姿を見せなくて……」

「……！　それは……」

「あ、わかってますよ？　ハガキが来ましたから。ぎっくり腰で動けなかったんだって、ちゃんとあとで報告を受けました。それでもなんです……」

理不尽であることは重々承知している。離婚の直接的な原因は知らないし、母だけが傷ついたわけでもない。母の葬儀に来なかったのではなく来られなかったということもわかっている。それでも——。

「どうしても許せなくて、割り切れなくて……。後日、あらためてお線香を上げさせてほしいという父の申し出も、断ってしまいました……」

諏訪が、なんと言っていいやらわからないといった様子で沈黙する。

「結局、父とは十歳のときに別れてから一度も会っていません。会うことなくさよならすることになってしまいました……」

それなのに、それを悲しいとも思えない。

ショックを受けていないわけではない。事故の一報を受けたときは頭の中が真っ白になって、しばらく呆然としたまま動くことができなかった。新幹線の中で亡くなったと聞かされたときは心臓を何かで突き刺されたかのような激しい痛みに襲われた。遺体と対面したときも、全身がガクガクと震えて立っていることすらできなくなった。

だが——それだけだった。母を亡くしたときのように、慟哭することはなかった。

それは、今もだ。

さまざまな思いが複雑に絡み合って、整理がついていないだけと思いたい。あまりに突然のことだったから、感情が追いついていないのだと。

まだ、悲しいと思えないだけなのだと。

「……今も……ずっとモヤモヤしたままで……」

病院でも、通夜でも、葬儀でも、火葬場でも、精進落としの場でも、涙一つ見せない自分は、諏訪の——そして参列者の方々の目に、いったいどう映っていたのだろう？

だが、これぱっかりはどうしようもない。なんて冷たい娘だと思われようと、素直に悲しめない——それが今の晶の正直な気持ちなのだから。周りの目を気にして上辺だけ取り繕うほうが、よっぽど不誠実だ。

思わず、唇を噛む。こんなふうに自分を正当化する言い訳を繰り返している時点で、寛容さなどあるはずもない。ひどい娘だと、つくづく思う。

「…………」

まるで沼か何かに引きずり込まれるかのように、気持ちが暗く沈んでゆく。

父が亡くなったからといって、何一つ変わらないはずだ。なぜなら、父には十歳から会っていない。自分にとっては、いないのが当たり前の存在だったのだから。

納骨を終えたら東京に帰って、当初の予定どおり新しい部屋を探して引っ越しをして、そのあとは就職活動に精を出すのみ。やることは――これからの生活は何も変わらない。数日遅れただけの話だ。

それなのに――なぜだろう？　ただ日常に戻るだけのことが途方もないことのように思えてしまう。

何もする気が起きない。心は痺れたまま身体はずっしりと重たく、頭にはまるで靄《もや》がかかっているかのよう。疲れているだけなのだろうか？　ホテルで一晩ぐっすり眠れば、いつもの自分を取り戻せるだろうか？

そんなことを考えていたときだった。

「お腹すいたんじゃないか？」

「え……？」

諏訪の唐突な言葉に、晶は顔を上げた。

たしかに、すいてはいるけれど。でも、どうして急に？

目をぱちくりさせていると、諏訪が「ああ。精進落としの仕出し弁当にまったく手をつけてなかったみたいだったから」と言う。いや、疑問に思ったのはそこじゃない。

そう思ったものの——しかし暗い話をこれ以上続けたいわけでもなかったため、晶はおずおずと頷いた。

「ああ、はい……。そうですね。すいてはいます……」

「俺もなんだ。考えごとをしている間に食いそびれた」

そう言って、諏訪が立ち上がる。

「簡単に何か作るよ。嫌いなものはあるか？　アレルギーとか……」

「いいえ、わりとなんでも食べます」

「そうか。じゃあ、うちの店で一番人気の『玉子サンド』はどうだろう？　簡単だし、すぐにできるから。ああ、玉子サンドと言っても、厚焼きのほうだけれど」

「え？　厚焼き玉子、サンド……ですか？」

思わず首を傾げると、意外な反応だったのか、諏訪がふと足を止める。

「どうかしたか？　嫌なら別のものにするが……」

「あ、いえ、そういうわけでは……！　一番人気というのが、少し意外だっただけです。玉子サンドといえば定番ですけど、でもそれは茹で玉子をクラッシュしてマヨネーズで和えたもののような気がして……」

だからこう、もっとあるのではないだろうか。定番でありながら、人気が高い商品は。たとえばカツサンドとか、ハムサンドとか。――もちろん、別段それが食べたいというわけではないのだけれど。

「そうだな。もしかしたら、関西ならではかもしれないな」

諏訪がキッチンカウンターの向こう側に回り、冷蔵庫にかけてあったエプロンに手を伸ばしながら言う。

「関西ならでは？　え？　地域性が関係あるんですか？」

「今はコンビニなんかで、藤島さんの言うほうが玉子サンドとして売られているから、関西でもそれを玉子サンドだと認識している人も多いみたいだけど、でも圭祐さん曰く、昔から関西では、玉子サンドと言えば厚焼き玉子サンドのほうだったらしいよ」

「そうなんですか？　じゃあ、茹で玉子のそれは関西にはなかったんですか？」

「あったけど、そっちは『玉子サラダサンド』って認識だったらしいよ」

「へぇ……」

「まぁ、俺も圭祐さんからそう教わったってだけだから、本当のところはよく知らないんだけど。でも、うちの店で一番売れている商品なのは間違いないよ」

シュッと音を立ててエプロンの紐を結んで、諏訪は目を細めた。

「すぐできるから、待ってて」

「……はい……」

諏訪が冷蔵庫から玉子を取り出し、作業をはじめる。

晶は小さくため息をつくと、冷めてしまった飲みかけのカフェオレに視線を戻した。

(余計なこと言っちゃったな……)

あんな話をする必要はまったくなかったのに。あれではまるで晶が寛容でないことを、諏訪に認めさせたいみたいではないか。

(そりゃ、反応にも困るよね……)

それで、お腹がすいたんじゃないかなどと言い出したのだろう。そんな気を遣わせてしまうなんて——本当に申し訳ないことをしてしまった。

心底、元カレの言ったとおりだと思う。なんて可愛げがないんだろう。せっかく諏訪がフォローをしてくれたのに。どうしてそれを素直に受け取れないのか。

『優しくないなんてことはないよ』と言われて、『そんなことはない』と返すことを、謙遜とは言わない。もちろん、良いことではありえない。

しかも内容が内容だ。あんなこと、昨日今日会ったばかりの相手に言うことではない。なぜあんな話をしてしまったのだろう？　激しく後悔していると、じゅうっと玉子を焼く音がする。ふわりと香るお出汁のよい香りに、晶は思わず顔を上げた。

(お出汁……？　え？　あれ？　作ってるのってサンドウィッチだよね？)

それなのに、どうして鰹出汁の匂いがするのだろう？　厚焼き玉子サンドといえば、中までしっかりと焼いた固めのオムレツを挟んだような感じだと思っていたのだけれど、違うのだろうか？

ＤＮＡに深く刻み込まれた豊かな香りに、ぐぅっとお腹が鳴る。晶はびっくりして、お腹あたりを手でさすった。

(食欲なんてなかったのに……)

でも、この匂いに誘われないなんて嘘だ。

興味津々でキッチンの諏訪を見るも、玉子焼きを皿に移すところだけは見えたけれど、あとはカウンターの陰になって何をしているかまではわからない。ただ、行動に無駄が一切ないことだけはわかる。よほど作り慣れているのだろう。

(そっか、お店の一番人気だって言ってたっけ)

なんだかワクワクしてくる。お出汁が香る厚焼き玉子サンド。もちろん今まで食べたことはないし、想像すらつかない。どんな味がするのだろう？

「——お待たせ」

期待に胸を膨らませながら待っていると、ほどなくして諏訪が両手に白い皿を持ってやってくる。

「いつもと違って玉子は粗熱を取っただけだから、パンがダレないうちにお早めに」

「……！　大きい……」

上部が膨らんだ山型の食パン——山食に分厚い玉子焼きを挟んだサンドウィッチは、縦に半分に切られているだけだ。パンの耳も落とされておらず、一切れがかなり大きい。食べられるだろうか？

(思ってたのとだいぶ違う。これってこの状態でパッケージングされて売られてるってことだよね？)

お店の一番人気のメニューをと言っていて、違うものを出してきたりはしないだろう。晶はまじまじとそれを見つめて——それからパチパチと目を瞬かせた。

(なんだろう？　色が悪いような？)

普通、厚焼き玉子サンドの玉子焼きは鮮やかな黄色をしているものだと思っていたのだけれど、目の前のそれは少々くすんだ色をしていた。

ちょうど――そう。お母さんが作るお弁当の玉子焼きのような。

「なんだか……おにぎりと一緒に食べたい感じの玉子焼きですね」

「……！　わかるのか……？」

そう呟いた瞬間、諏訪が驚いた様子で晶を見る。

「え……？　わかるのか……って……？」

「まさに、〝お母さんの玉子焼き〟がコンセプトなんだ。思い出の味を再現するのには半年以上もかかったと聞いている」

「思い出の……？」

一瞬首を傾げたものの、ハッとする。

（もしかして――!?）

「諏訪さん……！　それって……！」

「……こちらのほうがわかりやすいだろうと思って」

諏訪が、ランチプレートの横に小皿を置く。そこには――まさにお弁当に入っているタイプの玉子焼きが。

懐かしい。見た目も香りも、とても懐かしい。

晶は逸る気持ちを抑えつつフォークを手に取り、その玉子焼きを口に放り込んだ。

「っ……！」

優しい味――だった。

口の中にじゅわっと広がるお出汁の味。お醤油の風味と、みりんによるほのかな甘み。定食屋や居酒屋で食べるふわふわの出汁巻き玉子とは違う。同じくお出汁がたっぷりと入っているはずなのに、しっかりとした食感が特徴の玉子焼き。

それは、晶にとっても思い出の味だった。

もう口にすることはできないと思っていた――母の味。

「葛粉を入れるのよ。なかったら、片栗粉でもいいわ。そうすると食感がしっかりして、時間が経っても水分が出てこないの」

母の笑顔が脳裏によみがえる。――そうだ。これは、お弁当に入れる玉子焼きも出汁巻きにしてほしいとねだった晶のため、母が試行錯誤して作り上げてくれたものだ。

冷めても美味しいように。時間が経っても水分が染み出さないように。持ち運んでも形が崩れないように。

（ああ……！）

春のお花見、夏の海水浴、秋のピクニック。ほか、動物園に行ったときも、水族館に行ったときも、遊園地に行ったときも、いつもこの出汁巻き玉子がお弁当に入っていた。

これは、家族三人――幸せだったころの思い出の味だ。

(美味しい……！)

じんわりと温かくて、優しくて、懐かしい。

そして、切ないほど心に染みる――！

「っ……！」

瞬間、涙があふれた。自分でも、驚く。まったく予想外のことだった。

父への、そして母へのあふれんばかりの想いが、透明な雫に変わる。

慌てて拭うも、あとからあとからあふれて厚焼き玉子サンドが見えなくなってしまう。

頬を伝って零れたものが、テーブルの上で模様を作る。

「っ……ふ……ぅ……」

諏訪は、父が半年もの時間をかけてこの味を再現したと言った。

(半年以上かけても、再現したかった……思い出の味……)

父にとっても、この玉子焼きは〝幸せの味〟だったのだろうか？

その味を追い求めながら、母を、晶を思い出し――求めてくれていたのだろうか？

涙を止めようとギュッと目を閉じて、手探りでサンドウィッチをつかむ。

しっとりと柔らかなパンがふわりと指を押し返す。優しいと思った。触れただけでもわかる。口に入れれば、そのふんわり食感に、幸せを感じずにはいられないはずだ。

まだほんのりと温かい。まるで引き寄せられるように、それを口にする。

(ああ……!)

もう、言葉にならなかった。

思ったとおり食パンはふんわりと柔らかく、ほどよい弾力があって、ほんのりと甘い。

嚙むごとにあふれるお出汁。だが、関西風の甘みを抑えた出汁巻き玉子だからだろう。

パンの優しい甘みが消えることなく、それどころか際立っている。

シャキシャキと食感のアクセントになっているのは、水菜だ。サラダ水菜。

(そういえば、お母さんがよく育てていたっけ……)

ネギに水菜、ミントとミニトマト。思春期のころには、よく首を傾げたものだった。

それらが買えないほど生活に困窮しているわけでもないのに、どうしてわざわざ作るのだろう? 時間も手間もかかるのに。その労力をコストと考えれば、買ったほうが絶対安いのに。そして、お店で買える『プロが作ったもの』のほうが圧倒的に美味しいのに。

貧乏くさいからやめてほしいと思ったことも、一度や二度ではない。

だけど今はあの味が懐かしい。母が育てた水菜で母が作ってくれた母の水菜サラダは、もうどこにも存在しない。二度と食べられないのだ。

あれも同じだと思う。出汁巻き玉子と同じ。永遠に失われた――〝幸せの味〟。

「……っ……」

ああ、そうか。父もそれを思い出したのかもしれない。あの幸せの味を。だからこそ、定番のレタスやきゅうりではなく、水菜を合わせたのかもしれない。

「……ふ、う……」

ボロボロと涙を噴き零し、鼻水をすすりながら、まるで何かに追い立てられるようにサンドウィッチにかぶりつく。年ごろの娘がしていいことではないし、また他人《ひと》さまに見せていい姿でもないだろう。

「う、……ふ、く……」

それでも――味わうほどに長い間拗らせ過ぎて凝り固まっていた感情が、ゆっくりと解けてゆく。それがわかるから止められない。一個目を食べ切って、すぐさま二個目を手に取る。

（ああ、美味しい……）

心の底から思う。美味しい――。

だからこそ、胸が痛い。

(馬鹿だ……。私……。もっと早く……会いに来ればよかった……)

このサンドウィッチを食べるだけで、父の想いはわかったのに。母への——自分への愛を感じられたのに。

これを味わっただけで溶けてなくなってしまうようなつまらない意地を大事に抱えて、自分はいったい何をしていたのだろう？

がんじがらめになって動けずにいる間に、かけがえのないものを失ってしまった。

「う……ぁ……」

最後の一口を呑み込み、両手で顔を覆う。

瞬間——感情が決壊する。

晶は大声を上げて泣いた。

「あぁ、あ……あ、あ……あぁ！」

「……藤島さん……」

ようやく、だった。やっと泣けた。

やっと——素直に父の死を悼むことができた。

(お父さん！　お父さん！　お父さん！　お父さん！)

心の中の十歳の晶が泣き叫ぶ。

震えて泣く晶の頭を、大きな手が少し遠慮がちに——でも、さらに泣きたくなるほど優しく撫でる。

幸せな家族とはなんだったかを思い出させてくれる優しい温もりに、晶は心を震わせ、喉を焦がして、泣き続けた——。

◇＊◇

「す、すみませんでした……」

どれほど泣いていただろう。ようやく落ち着いたときにはすでに目蓋は腫れ上がってしまっていた。

「謝ることじゃないよ」

諏訪がきっぱりと言って、わずかに目を細める。

笑みとは言えないほどの、ささやかな笑み。だけどそれは、はっきりと優しかった。

「いくつになっても子供は親を求めて泣くものだと、俺は思ってるから。むしろ、少し安心したよ」

「え？　安心……ですか？」

「ああ。藤島さん、病院で会ったときからずっと厳しい顔してたから」

「……顔に出ちゃってましたか」

小さく苦笑して、頬を撫でる。――まぁ、あまり取り繕う気もなかったのだけれど。

「そうだね。何か複雑な感情があるんだろうと思っていたよ」

諏訪が静かに言って、空の皿へと視線を落とした。

「だけど、俺は圭祐さんから聞いていたから。『晶』って名前は、たからものって意味なんだって」

「え……？　父が……そんなことを？」

思いがけない言葉だった。

「そう。圭祐さんの苗字の『倖田《こうだ》』と合わせて、自分を幸せにしてくれた唯一無二の宝。その宝に、どうか多くの幸せが絶えず降り注ぎますようにって意味なんだって。倖田の倖は、幸せって意味だから」

「っ……！」

ギュウッと胸が締めつけられる。

『倖田』――十歳のときに私が失くしてしまった姓だ。

「いつもいつも、本当に幸せそうに話していた。だから、いつかその想いは伝わるって信じていたよ。今は拗れていたとしてもね」

そう言って、諏訪はわずかに唇を綻ばせた。

「だから、そのとおりになって安心した。圭祐さんの宝は、ちゃんと圭祐さんの想いを受け取ってくれる娘《こ》だった」

「っ……でも……！　遅い……！」

晶は思わず唇を噛み締め、両手で顔を覆った。

今さら知ったところで、想いを受け取ったところで、父はもういないのだ。

もっと早くにここに来ていたら、関係を修復することも夢ではなかったのに。

遅い！　あまりにも――遅い！

「今さら知ったところで……！」

「そんなことはない。だって、藤島さんは生きているじゃないか」

晶の叫びを遮って、諏訪がきっぱりと言う。

「もちろん、圭祐さんが生きている間に関係修復ができていたら、それに越したことはなかったと思う。でも、それはさらに欲を言えばという話なだけであって、圭祐さんの想いを今さら知ったところで無駄ってことではないよ」

「っ……でも……」

「だって、父親の死を悲しめないよりも、家族が幸せだったころの記憶を抱いて心から悼めるほうが絶対に幸せだろう？」

「――！」

考えもしないことだった。

「そ、れは……」

「俺はそう思うよ」

相変わらずの無表情だったけれど、晶を見つめる瞳はどこまでも誠実で、真摯で――なんだか無性に泣きたい気持ちにさせられる。

悲しいわけじゃない。苦しいわけじゃない。嫌なわけでもないのに――なぜだろう？

「圭祐さんの想いを理解できないままの藤島さんよりも、圭祐さんの想いを理解できた藤島さんのほうが、これからの人生……絶対に幸せになれる」

諏訪の温かくて優しい声音に、さらに心が震える。

「圭祐さんの願いは藤島さんが幸せになることなんだから、遅いなんてことはないよ。それどころか、圭祐さんにとってはこれ以上ないことだと思う」

「っ……諏訪、さ……」

（ああ、この人は……！　本当にどこまで優しいの……！）
心の底から、よかったと思う。
父の傍にいたのが、この人でよかった。
父は間違いなく穏やかで幸せな日々を過ごしていたのだと——信じられるから。
晶は涙を堪えて奥歯を噛み締めると、勢いよく立ち上がって頭を下げた。
「っ……あの！　こちらからお願いします！　私と一緒に、お店を続けてください！
パンを作った経験はありません！　飲食店で働いた経験も。ましてや経営なんて……！
相続関係のことだってまだ何もわかりません！　それでもお店を閉めたくありません！
なくしてしまいたくないんです！　だって、もっと知りたい……！」
父のことを。
父の、母や自分に対する想いを。
「私が知らずにいたことを、すべて知りたいんです！」
胸もとで両手を握り合わせ、まっすぐに諏訪を見つめて、熱心に言う。
この地で、父がどんなふうに暮らしていたのか。
何を思い、どんなサンドウィッチを作っていたのか。
何を望み、何を幸いとし、諏訪に何を語り、何を共有していたのか。

「どうか、お願いします！」

余すところなく、すべてを。

父の願いを叶えるために。

晶が幸せになるために――。

「…………」

諏訪は晶の視線と願いを正面から受け止めると、わずかに目を細めた。

「……ありがとう。それは俺にとっても、願ってもない言葉だよ」

ともすれば見逃してしまいそうなほどささやかな笑みに、どきんと心臓が跳ねる。

「じゃあ……」

諏訪はそれだけ言って立ち上がると、晶の前に片手を差し出した。

「これからよろしく。藤島さん」

「っ……はい！　よろしくお願いします！」

もう一度頭を下げて、その手を握る。

それは記憶の中の父のように大きく、温かかった。

Nishikita Kofukudo

二品目

カツサンドは永遠に

「あ……。『晶ちゃん』って呼んだほうがいいよね？」

「は、はい？」

その唐突な言葉に、晶は思わず持っていたハンディワイパーを取り落としてしまった。

「あれ？　大丈夫？」

「あ……は、はい。大丈夫ですけど……突然なんですか？」

「夫婦のふりをするなら、『藤島さん』のままじゃマズいだろう？」

たしかに、それはそうだ。

（だ、だけど、いきなり『晶ちゃん』だなんて……）

晶は熱くなってしまった頬を隠すように、あたふたと下を向いた。

精進落としの場で暴走してしまってから、一週間――。今は引っ越しの作業中だ。

諏訪とともに父の店を続けると決めてすぐ、「じゃあ、こちらに引っ越しするので、物件探すの手伝ってもらっていいですか？　私、こちらのこと全然わかんないんで」と言うと、諏訪は驚いたように目を見開いた。今までで一番表情が変化していたと思う。

「何を言ってるんだ。ここは圭祐さんの持ち家だ。出て行くのは俺のほうだろう」

「え？　だけど、諏訪さんは父と一緒に暮らしていたわけですし、お店を続けるために力を貸していただくだけでも御の字なのに、引っ越しまでしていただくわけには……」

冗談じゃないと言う晶に、しかし諏訪もまた首を横に振る。

「店を続けたいのは俺の希望でもある。そう言ったろう？　恩に感じることじゃない。そこは利害の一致だ。ここに住む権利は、藤島さんにある。土地建物を受け継ぐのは、藤島さんなんだから」

「それだって違うかもしれませんよ？　身内とはいえ、十年以上音信不通だった私より、一緒に店をやっていた諏訪さんにこそ遺したいと思っても、何も不思議じゃありません。伯父や伯母のことはもう思い出したくないですけど、でも伯父や伯母の言ったとおり、たしかに遺言状のようなものがあってもおかしくないと言うか……」

「ありえないよ。仮に遺言状があったとしても、それは絶対に藤島さんに想いを伝えるためのものだ。俺に財産を遺すためのものでは絶対にない」

なぜそんなに自信をもって言えるのかと不思議に思うほど、はっきりと言い切る。

「……実は、父と仲が悪かったんですか？」

「いや、そうじゃないよ。すごくよくしていただいた。だからこそ、断言できるんだよ。それだけは絶対にありえない。この土地や店の正式な相続人は、間違いなく藤島さんだ。俺じゃない。ここを出て行くのは、俺だ」

「っ……でも、今まで住んでいた人を追い出す形になるのは、やっぱり変ですよ」

その後も二十数分に及ぶ「私が」「俺が」の応酬をして——折れたのは諏訪だった。

とはいえ、晶が別の場所に住むことを認めたわけでは決してなく、折衷案を出すという形でだが。

「住居スペースは二階建ての2LDKだ。二階にある二部屋は、八畳半と八畳の洋室で、どちらも鍵がついている。南側の部屋——圭祐さんの部屋に藤島さんが住むというのはどうだろう？　藤島さんが嫌じゃなければ、だが」

「……！　父の部屋に？」

「そう。八畳半と広いし、日当たりもいいし、収納もたっぷりある。このあたりで同等条件の単身用の部屋を借りようと思ったら、かなり高くなってしまうんじゃないかな。まぁ、東京ほどじゃないだろうけど。それぐらいにはいい部屋だよ。こんなおじさんと一つ屋根の下ってことは、大きいデメリットだけどね」

諏訪のどこがおじさんなのだろうと思いつつも、それには少し怯んでしまった。

たしかに、いい案だとは思う。だが、そこはやはり男女だ。しかもまだ会ったばかり。それで生活をともにできるほど信じられるかというと、どうだろうか？

それに——もちろん徐々に遺品の整理はしてゆくつもりだけれど、今すぐに片づけて自分の部屋にしてしまうというのは抵抗がある。

どうしたものかと考えていたそのとき、スマホが鳴った。

液晶を確認して——げんなりする。そこに表示されていた名前は伯母のものだった。

また遺産がどうとかいう話だろうか？

（そうだ……。結婚が嘘だってバレたら、またしゃしゃり出てくるんじゃ……）

それだけは絶対に避けたい。そう考えると——諏訪の提案はありがたい気もする。

（でも、やっぱり……）

晶は鳴り響くスマホを見つめたまま少し考えると、おずおずと口を開いた。

「あの、同居は嫌ではありませんし、そうしたいとも思うんですけど、その……」

下を向いてモゴモゴと、父の部屋をすぐに片づけてしまうのは抵抗がある旨を話すと、しかし予想に反して、諏訪はあっさりとその問題を解決してくれた。

「——晶ちゃん？」

「っ……わぁ!?　は、はい！」

不意に呼ばれて、晶は素っ頓狂な声を上げて、再びハンディワイパーを取り落とした。

「す、すみません！　考えごとをしてました！」

「え？　いや、謝る必要なんてないけど？　荷物の運び入れは終わったし、よかったら腹ごしらえでもしないかって提案しただけだから」

「あ……」

「今日は朝早かったし、朝食は食べてないって言ってたから、早めにどうかな？」

たしかに今朝は五時前起きで、朝一の飛行機で東京からこちらに着て、すっかり空になっていた東側の部屋の掃除をしながら引っ越し業者の到着を待ち、つい先ほど荷物の搬入が終わったところだ。すでに一働きも二働きもした感じでほどよく疲れているし、作業的にも切りがいいから、休憩したい。お腹もすいている。

結局、晶は諏訪が使っていた東側の部屋に間借りすることになった。

正直に、父の部屋を片づけてしまうのは抵抗があると言った晶に、諏訪は「だったら、逆にするのはどうだろう？」と提案し、そのまま晶を二階に案内した。

「圭祐さんの部屋を俺がそのまま使って、俺の部屋を藤島さんが使うのはどうだろう？　圭祐さんの部屋のほうが南向きで日当たりもいいし、広いから、そちらを藤島さんにと思ったけど、そういう事情なら……」

「え……？　でも……」

それだって結局、父の部屋を片づけることになるのではないのか。運び入れるものが晶の荷物ではなく、諏訪のそれになるだけの話で、何も変わらないような。

晶がそう言うと、諏訪は「いや、違うよ」と首を横に振って、自室のドアを開けた。

「俺の物なんてほとんどないからね」

その言葉どおり、八畳の部屋にはシングルベッドとサンドウィッチ関係の本が入った二段のカラーボックスが一つ、ただそれだけだった。

あまりの物の少なさに啞然としていると、諏訪がクローゼットの中も見せてくれたが、そこにも両手で数えられるぐらいの枚数の服がかかっているのと、おそらくは下着類を入れているのであろう小さなプラスチックケースがあるだけで、ほかには何もなかった。

「ね？　俺の物が圭祐さんのそれを圧迫することなんてないんだ。ベッドは圭祐さんの物のほうが良いものだからそれを使うし、部屋には大きな本棚もあるから、そこの本もそれに入れるだけでいい。俺の物はこれだけだから、同じ部屋内でも圭祐さんの物とはきっちりわけておける。だから、遺品は藤島さんのペースでゆっくりと片づけてゆけばいいよ。どうかな？」

「諏訪さんって、ミニマリストなんですか」

答えるより先に、疑問が口を突いて出てしまう。とても——五年を過ごした部屋には見えなかったからだ。

「違うよ。別に、あえてそうしているわけじゃない」

諏訪はきっぱりと首を横に振って、窓の外を見つめた。

「俺の個性は、こんなものなんだ」

その横顔は冷たく、なんだかひどく寂しげで、胸がざわめいた――。

その言葉の意味は今もわからないけれど、軽々しく訊いていいこととも思えなくて、そのままになっている。

「……そうですね、休憩したいです」

晶は頷いて、にっこりと笑った。

「じゃあ、サンドウィッチのおすすめの店があるんだ。今から行けばちょうどランチの時間になるから、どうかな？」

「サンドウィッチのお店、ですか？」

少し意外に感じて、晶はパチパチと目を瞬いた。

(毎日サンドウィッチを作っているのに、お休みの日までサンドウィッチを食べるの？あ、いつもは作ってるだけで食べてはないのかな？　でも、それにしたって……)

それが顔に出てしまっていたのだろう。諏訪がわずかに目を細める。

「美味いサンドウィッチを作るには、まず美味いサンドウィッチを食わなきゃ。目指す味のイメージがぼんやりしていたら、そこに辿り着けるわけがないんだから」

それは、たしかにそのとおりだ。

「心配しなくても食べ飽きたりしないよ。サンドウィッチは店によって全然違うから」

「そうなんですか？」

「ああ、手軽で、身近なものだからこそ、とても奥が深い料理だよ」

本当だろうか？　そう言われても、あまりピンとこない。

(サンドウィッチに違いを感じたことなんてないけど……)

不味さに腹を立てたことも、逆に美味しいと感動したこともないような気がする。

でも、ランチがサンドウィッチなのが嫌というわけではない。

晶は頷いて、諏訪に続いて部屋を出た。

◇＊◇

「す、すみませんでした……！」

「え？　何が？」

向かいに座る諏訪が、なんのことだとばかりにわずかに目を見開く。

「すっごく美味しいです……！　まず、サラダが！」

晶はフォークを手に、身を震わせた。

サニーレタス、きゅうり、ニンジン、大根、ミニトマトといった定番の野菜だけじゃない。三度豆、きぬさや、ヤングコーン、サツマイモ、レンコン、ラディッシュ、紅芯大根とサラダでは少し珍しい野菜までいろいろ入っていて、しかも驚くほど新鮮だ。ドレッシングもシンプルながら味わい深く、もうフォークが止まらない。

「ランチのサラダにこんなに感動したの、はじめてかもです……」

諏訪が連れて来てくれたのは、西宮市は名次町にある、『名次珈琲店』。

ドアを開けると、軽やかなドアベルが鳴く。

まず目に飛び込んでくるのは長くゆったりしたカウンターと、飴色の棚に並べられた色とりどりのカップたち。

たっぷりと陽光が差し込む、明るい店内。落ち着いた飴色のテーブルに黒い革張りのラウンジチェアと重厚感のある設えながら、でも決してお客さまを身構えさせない――肩肘張らない普段使いの居心地の良さ。

注文をしたのは、『シンプル卵サンドとサラダセット』と、『ローストビーフのサンドイッチセット』。ランチとしては一般的な値段だと思っていたのだけれど、だが運ばれてきた『シンプル卵サンドとサラダセット』を見て、びっくり！　十種を超える新鮮野菜を使ったたっぷりのサラダに、しっかりとボリューミーな卵サンド。

（これに、薫り高いコーヒーがついてるって考えたら安過ぎない……？）

　思わず心配になってしまったのだけれど、それはサラダを一口食べて消えるどころか倍増してしまった。このクオリティのサラダとアイスカフェラテがついて、この値段!?本当に大丈夫!?

「美味しい……！　これ、無限に食べられそうです」

　無心でサラダを食べ切って、ほうっと感嘆の息をつく。

「あ！　ランチメニューに『たっぷり野菜とローストビーフのサラダボウルセット』もありましたけど、このサラダがもっとたっぷり食べられるってことですか？」

「そうだね。それも美味いよ。サラダの野菜は季節によっても日によっても違うから、より楽しめると思う」

「通わなきゃ……」

　卵サンドは、茹で玉子をクラッシュしてマヨネーズで合えたほうのそれ。名前どおり、見た目はこれ以上はないというほどのシンプルさだった。

（大丈夫かな？　サラダで期待値が爆上がりしちゃったけど……）

　サンドウィッチを差し置いて、十二分に主役を張れるサラダだった。それだけに少し心配になってしまう。

だが——結論から言えば、それはまったくの杞憂だった。

「え……？」

手に持ち、まず食パンのふわふわ触感に驚く。柔らかく、まるで肌に吸い付くようなしっとり感。触れただけで、食感の良さが想像できてしまう。

心臓がトクンと跳ねる。

山食を横に四等分した大きさ。なのに、心地よく重たい。

晶は期待に胸を膨らませながら、大きく一口頬張った。

「……！　美味しい……！」

食パンは思ったとおりかなりしっとりとしてふわふわ、ほのかに甘い。

茹で玉子のペーストは、その甘みをしっかりと引き立てる塩加減。マヨネーズの量も多過ぎず、少な過ぎず。玉子の潰し加減もちょうどよく、口当たりは本当になめらかで、食パンの食感と相まって、一口食べただけで頬が緩んでしまう美味しさ。

食パンと玉子が織り成す優しい味を堪能していると、そのあとを追うようにバターの風味がふわりと広がり、最後にブラックペッパーが口の中をサッと引き締めてくれる。

たしかに、シンプルだ。これ以上はないというシンプルさなのに。

「すごく美味しいです。諏訪さんの言ったとおり、全然違う……」

晶は手の中のサンドウィッチをまじまじと見つめた。

「なんで……？」

ひどく奇抜な工夫をしているようには思えない。素人の自分にはわからないだけかもしれないが、その名のとおりシンプルな玉子サンドとしか思えない。

でも——美味しい。今まで食べてきた玉子サンドよりも、圧倒的に。

「パンがいいのはすごくわかります。この食パン、尋常じゃないぐらい美味しいです。でも、それだけじゃない……。なんて言うんだろう？　すべてが絶妙って言うか……」

そこまで言って、晶はハッと息を呑んで身を乗り出した。

「ああ、そう！　そうです！　絶妙なんです！　バランスが完璧って感じがします！」

「——うん、俺もそう思う」

諏訪がわずかに目を細め、頷く。

「個人的に、サンドウィッチは最低で足し算、理想は掛け算だと思ってるんだ」

「最低で、足し算……？」

「たとえばBLTサンドなら、具材はベーコン・レタス・トマト、そしてパンに調味料。一つ一つの素材をきちんと生かしたうえで、しっかりと足し算させなきゃ意味がないと思ってる」

諏訪はポカンとしている晶を見つめ、言葉を慎重に選ぶ様子を見せながら続けた。

「つまり……ベーコンの油分や塩けが強過ぎてレタスやトマトの味を感じないだとか、素材の味が死んでしまっているのは論外だし、具材と調味料の味がチグハグだったり、素材をそのまま食べているのと変わらないなんて状態だったら、サンドウィッチにする意味がないだろう？」

「あ……！」

「素材の味をすべて生かし切ったうえで、一つの料理として素材の味以上の美味しさを作り上げていなきゃいけない。素材の味を一つ一つ丁寧に組み上げて、ＢＬＴサンドの美味しさに昇華させる。だから、最低足し算なんだ」

「なるほど。パンが、調味料が、具材の味を。さらには、レタスがトマトを、トマトがベーコンを、ベーコンが野菜の味をという感じで、それぞれの素材の相乗効果で旨味を何倍にも倍増させたうえで、ＢＬＴサンドとして味をまとめ上げることができたら……それが掛け算ってことですか？」

諏訪が頷く。

「たしかに、それができたら理想的ですけど……」

だが、そんなことが可能なのだろうか？

（もっと素材に手をかける料理だったら、それもできるかもしれないけれど……）

サンドウィッチで？

うーんと眉を寄せる晶の考えを読んだかのように、諏訪が再び首を縦に振る。

「うん、それぞれの素材の味を生かし切ったうえで足し算するというだけでも、すごく難しいんだ」

晶は皿の上の卵サンドを見つめた。

「たとえばこの卵サンドで言うと、ペーストの塩味が強かったり、マヨネーズが多くて油分や酸味が強かったりすれば……あるいはペーストがベチャッと緩かったりすれば、この食パンの良さが生かし切れなくなるって言うか、せっかくの繊細な味わいや食感を邪魔してしまうことになりますよね？」

つまり、食パンの美味しさがマイナスになってしまう。足し算にならない。

「そういう理解で、あってますか？」

「そう。すべてのバランスが完璧に整っていなければ、足し算ですら難しいことなんだ。サンドウィッチの味の組み立ては、それほど繊細で精密なものなんだよ」

塩一つまみ、マヨネーズ一グラムで、簡単にそのバランスは崩れてしまう。

たったそれだけで、この味にはならないのだと考えると——たしかに繊細だ。

（そんなこと、考えたこともなかった……）

晶にとって、サンドウィッチは簡単で手軽なものでしかなかったから。

作業の合間にパパッと食べられる、便利な食事ぐらいの認識しかなかったから。

「そこまで考えなくても、サンドウィッチはシンプルな料理だけに、ある程度の味にはなるんだよ。少々バランスが上手くいかなかったところで、不味くはならない」

「そうですね。完全にそういう認識でした」

誰が作っても、さほど変わらないと。

手軽に食べられるだけじゃない。作るのも難しいことは何もない、簡単な料理だと。

いや、これを料理と呼んでいいのかとすら思っていた。切って挟むだけなんだからと。

とんでもない。

（玉子料理が難しいって言われているのと同じだ）

素材の良さだけではない。調理する人間の腕とセンスもダイレクトに出てしまう。

シンプルだからこその、難しさ。奥深さ。

「でも、足し算が上手くいくと、同じ材料でも美味しさの次元は跳ね上がる。この店のサンドウィッチは、それがよくわかると思うんだ」

「はい、よくわかりました。たしかに、奥が深い……」

「うん、でもね、作る側の俺らにとってサンドウィッチはとても奥深いものだけれど、食べる人たちにとっては、何も難しく考えることはない——気軽で手軽なもののままでいいと思ってる。高尚なものにする必要なんてない」

「え……？」

たった今サンドウィッチに対する認識が変わったところなのに、食べる人にとっては今までのままでいいと言われて、晶は目をぱちくりさせて首を傾げた。

「ええと……？　でも……」

「サンドウィッチは日常に寄り添うものでいい。仕事が終わらなくて書類とにらめっこしながら食べたそれが驚くほど美味しかったら、ちょっと得した気分にならないか？　そういう小さな幸せを運ぶものであってほしいと思ってる」

「小さな幸せを、運ぶもの……？」

「そう。雨降りで憂鬱な朝が楽しくなるような、午後の授業も頑張ろうと思えるような、いつもの公園への散歩がちょっと特別なものになるような——気軽に手軽に食べられて、〝日常〟をほんの少し彩ってくれるもの」

そう言って、諏訪は晶を見つめると、優しく目を細めた。

「それが、圭祐さんが目指した——『幸福堂』のサンドウィッチだ」

「っ……」

素敵な言葉に、とくんと心臓が音を立てる。

それが、父が目指していたもの。

日常に寄り添い、小さな幸せを感じさせてくれるサンドウィッチ——。

(だから……『幸福堂』……)

嬉しさに、唇が綻ぶ。一つ、父のことを知ることができた。

「よく覚えておきます」

晶は大きく頷いて、にっこりと笑った。

「お勉強が俄然楽しみになりました。サンドウィッチのことも、『幸福堂』のことも、父のことも……もっともっと知りたいです」

「……それはよかった。そう言ってもらえて嬉しいよ」

諏訪もホッとした様子でわずかに口もとを緩めた。

「ああ、そうだ。晶ちゃんは、プリンは昔ながらの硬いやつとなめらかで濃厚なやつ、どっちが好き?」

「だんぜん硬いプリン派です!」

プリンは硬くてなんぼだと思ってます!

「なめらかなプリンももちろん嫌いではないんですけど、私の中ではプリンというよりクリームという認識なんですよ」

フランス菓子のクレームブリュレが『焦がしたクリーム』って意味なのを知ってから、クレームブリュレに代表されるなめらか系のカスタードプリンはそういう分類になった。

だから、プリンは硬いもの。少なくとも自分の中では、それが正義だ。

「同じだ」

そう言って諏訪は少し身を乗り出すと、内緒話をするように口もとに手を添えた。

「ここ、プリンも絶品」

「っ……すみません！　プリンもください！」

それを聞いて、食べずにいられるものか。

すかさず手を上げ、カウンターの向こうのマスターに注文する。

「コーヒーもサラダもサンドウィッチも美味しいのに、プリンまで絶品なんですか？最初に紹介する店を間違えてませんか？　あまりに美味し過ぎて、フードもデザートも全種類食べなきゃ気が済まなくなるじゃないですか」

さまざまなサンドウィッチが美味しい店に行って勉強したいのはやまやまだけれど、まずはこの店に通い詰めなきゃという使命感に駆られてしまう。

「そうだね。俺もまだ全種食べたことないけれど、ローストビーフのサンドウィッチは食べたほうがいいし、ローストビーフのサラダボウルもおすすめ。食パンがいいから、普通のトーストもめちゃくちゃ美味い。フレンチトーストはバゲットタイプなんだけど、熱々トロトロでコーヒーにすごく合う。夏季限定だけど、ここのコーヒーゼリーは必食。コーヒーゼリーが好きなら、この店のを食べないと後悔する。あとは、俺はまだ食べたことがないんだけど、圭祐さんは自家製根菜スープが大好きだったな。一度食べた人は、必ず次も注文するってぐらいリピート率も高いらしいよ」

「……ほかの店で勉強させる気ないですよね？」

思わずジロリと諏訪をにらみつけるも、すぐに諏訪の前の皿に目を奪われてしまう。

「あ……！　必食のローストビーフのサンドウィッチ……」

「あ、そうだね。半分交換する？」

「い、いいんですか～っ!?」

すぐさまお言葉に甘えて、手を伸ばす。

「ん……んんんっ！」

味わい深いローストビーフに新鮮なグリーンカール、玉ねぎがいい食感アクセント。マヨネーズと甘辛のソースが素材の美味しさをしっかり引き立てていて——美味しい！

ああ、たしかに、これを食べて鬱々としていられる人はいないだろう。

小さな幸せが、気持ちを前向きに——元気にしてくれる。

「午後も頑張らなきゃ」

晶はそう言って笑って、サンドウィッチにかぶりついた。

◇＊◇

諏訪は、起床は朝の五時だったと言った。

朝食を摂り、身支度を整え、手洗い消毒などをして厨房に入るのは、一時間後の六時。それから、まずは父とサンドウィッチに使うパンを焼く。

『幸福堂』でサンドウィッチに使うパンは、山食、全粒粉の山食、角食、バターロール、コッペパン、バゲット、フィセルの七種類。それらすべてを自分のところで焼いているそうだ。

その間に具材を用意。それから開店十分前まで黙々とサンドウィッチを作り続ける。十分前になったら販売スペースの棚やトレーなどの消毒。商品カードやＰＯＰを用意し、商品を並べはじめる。

開店は九時。基本的には、お客様対応は父がしていたという。諏訪は厨房で引き続きサンドウィッチを作り続けて、品出し。

すぐにランチタイムに突入するので、客足は十三時ごろまで右肩上がり。気を抜くと、一番忙しい時間帯に商品が棚にないなんてこともありえるので、すべての商品の減りを見ながら、サンドウィッチを作り続けて、常に補充。

ホッと一息つけるのは、十四時を過ぎたころ。

十六時からは、翌日のパンの生地作りや、一部サンドウィッチの具材の仕込みを開始。パンの生地は天候や気温、湿度によって仕上がりが変わるため、翌日の天気チェックを行い、細かく配合などを調整する。ここは、父がこだわってやっていたところだそうだ。

閉店は十八時。明日のメニューや材料の在庫チェックをして、足りないものは発注。レジ締めをして、売り場を隅々まで清掃、消毒する。

厨房も同じく清掃。機材や調理器具などもピカピカに磨き上げて、しっかりと消毒。売り上げのチェックをし、帳簿を記入したら、その日の仕事はすべて終了となる。

「九時半……。まぁ、はじめてとしては上々じゃないかな」

諏訪が壁の時計を見上げて、うんうんと頷く。

「そ、そうですか……？」

晶はズルズルとスツールに座り込んだ。朝六時からの三時間半——めまぐるし過ぎて、すでにもうくたくただ。

「でも、サンドウィッチは一種類につき二つずつしか作ってないんですよ？　メニュー数もいつもの三分の二程度なんでしょう？　それで三十分もオーバーしちゃってたら、実際の営業はどうなるんだって感じですけど……」

そして、開店前の準備の段階でこれだけ疲れ切ってしまっていたら、閉店の時間までちゃんと立っていられるだろうか？　自信がない。

「いや、はじめてのプレでこれだけできれば大丈夫だよ。今まで教わったことはすべて頭に入っていたし、これで流れはわかったと思うし、あとは慣れだよ」

「……評価甘くないですか？」

「いや、本当に。予想より動けていて驚いたぐらいだよ。教えたことはすべてきちんと頭に入っていたみたいだし」

「それは……はい、一応……」

こちらに引っ越してきてから、今日で五日——。これまで、朝食で、昼食で、夕食で、各メニューに必要な野菜、その下処理の仕方、カットの仕方、野菜以外の具材の仕込み、調理の仕方、もろもろの注意点などは教わっていた。

　教わっているときはスマホで動画撮影し、あとからそれを何度も観ながらメモを取り、頭には入れていた。にもかかわらず、これで本当に大丈夫なのか、間違っていないか、次にやるのはこれでいいのかといちいち不安に駆られて、そのたびに質問して、諏訪の作業の手を止めさせてしまった。

　晶がそう言うと、諏訪は「そんなこと気にする必要はないよ」と首を横に振った。

「わからないことはどんどん訊いていい。わからないまま、不安なまま、仕事をしても身につかないから。大事なのはそのあとだ。次にまた同じ質問をしなくて済むように、今日教わったことはきっちりと頭と身体に叩き込むこと」

「はい」

「安心していいよ。最初のころの俺より、はるかに物覚えはいいから」

「そう……ですか？」

「保証する」

　再びうんうんと首を縦に振って、諏訪がバターロールを小さくちぎって口に入れる。

　そして、しっかりと味わって――安堵した様子で息をついた。

「今までのタイムスケジュールどおりにやってみて、一人でも全種類焼くことができた。それは少しホッとしたな。味も食感も、今のところ問題ない」

「今のところ？」

「天候や気温や湿度によって同じ味と食感をずっとキープできるかは、まだ自信がない。一応教わってはいるけど、いつもそこは圭祐さんがやっていたから」

「ああ、なるほど……」

「常連さんたちに、味が変わってしまったってがっかりされないように頑張らないと」

相変わらずの無表情だが、その穏やかな双眸に強い意志が煌めく。

「圭祐さんの……『幸福堂』の味を守っていけなかったら、続ける意味がないからね」

晶はコールドテーブルにズラリと並んでいるサンドウィッチを見つめた。

父の店を続けてほしいと望んだのは、晶だ。だから、その決意は願ってもないもののはずなのに……なぜだろう？　少しだけ違和感を覚えてしまう。

晶の「父の店を続けてほしい」と、諏訪の「圭祐さんの『幸福堂』を続けたい」は、少し意味合いが違うような——隔たりがあるように感じる。

具体的にそれが何かは、晶自身わかっていないのだけれど。

「…………」

なんとなく黙ってしまった、そのとき。コンコンコンと売り場のほうから音がする。

諏訪と晶は同時に身を震わせ、顔を見合わせた。

「え……？　今……」

「ノックの音みたいな……？」

売り場のほうへ視線を走らせた瞬間、その音とともに人の声もする。

「悠坊《はるぼう》ー！　いてるんやろー？　俺や！　俺や！」

「……！　江原《えはら》さんだ……！」

諏訪が目を丸くして、売り場へと走ってゆく。晶もそのあとに続いた。

売り場の電気をつけ、鍵を外して、観音開きのアンティークドアを開ける。

そこに立っていたのは、八十歳手前ぐらいの老夫婦だった。

運動をしてきた帰りなのだろうか？　ともに、黒のジャージにドライ素材の秋らしいオレンジ色のパーカー、よく使い込んだランニングシューズといういでたちだ。そして、真っ白のタオルを首からかけている。

その顔には、見覚えがあった。

（あ……。たしか、お通夜に来てくださっていたような……）

そうだ。お焼香のあとに、「早すぎるわ……！」と泣いていたおじいさんだ。

「江原さん、お久しぶりです」

「おお、おお、悠坊。このたびはご愁傷さまやったな」

江原と呼ばれたおじいさんが顔をくしゃりと歪めて、諏訪の腕を叩く。

「ごめんなぁ？　前を通ったら、もっすごいええ匂いがして……胸が熱うなってな……。我慢できひんくて扉叩いてもうた……」

おじいさんが泣き笑いのような笑みを浮かべて、すんと鼻をすする。

「通夜んときはよう訊かれへんかったけど、こんなええ匂いさせとるっちゅーことは、営業は再開するんやんな？　期待しててええんやんな？」

「はい、そのつもりです」

諏訪は頷いて、後ろに立つ晶を振り返った。

「晶ちゃんと二人で」

その言葉に、どきっと心臓が跳ねる。晶は慌てて老夫婦に頭を下げた。

「あ、あの……通夜のときは、ろくに挨拶もできませんで……」

「……！　ああ、倖田さんの娘さんか。そうかそうか……」

諏訪が晶の背に手を回して、『おいで』とばかりにそっと引き寄せる。

まるで寄り添うように諏訪の隣に立ち、頬が熱くなるのを感じた。

「江原と申します。このたびは本当にご愁傷さまでした」

おばあさんがそう言って、二人してあらためて深々と頭を下げてくれる。

「うちらは夫婦で、この『幸福堂』の大ファンなんですよ」

「通夜の席で娘さんは東京在住やって聞いたし、店はどうなるんやろって心配しててん。閉めてしまうんやろか、もう食べられへんようになってしまうんやろかって」

おじいさんは再び鼻をすすると、「嬉しいわー。再開してくれるんや」と微笑んだ。

「……あかん、泣けてまうわ。嬉しいて」

「っ……ありがとうございます」

『幸福堂』を——父のサンドウィッチを心から愛してくれていた人たちの実際の声に、胸が熱くなる。

それだけで、この店を続けると決めてよかったと思う。

「晶ちゃん、やったな。こんなじじぃやけども、なんや困ったことがあったらいつでも言うてな？　力になるし」

「はい、そのときはお願いします」

はじめての土地でまだ右も左もわからないだけに、その一言がとても心強い。

笑顔で頷くと、おじいさんは「頑張りや」と、晶の腕もポンポンと優しく叩いた。

それを見ていた諏訪がハッとした様子で厨房を見、あらためて身を屈めるようにして二人の顔を覗き込んだ。

「江原さん、もう家に帰られるところですか？　よろしければ、トレーニングで作ったサンドウィッチを持って行ってくれませんか？　二人で食べるには多過ぎて……」

「ん？　トレーニング？」

「はい、晶ちゃんはパン屋で働くこと自体はじめてですし、俺も独りですべてのパンを焼いたことはありませんでしたし、営業再開に向けてトレーニング中なんです」

「ああ、そういうことか。それで店は開いてへんのにええ匂いがしとったんや」

おじいさんが顔を輝かせる。

「もちろん、ありがたくいただくわ。カツサンド、あるか？」

しかしその隣で、おばあさんは顔をしかめた。

「あなた……カツサンドなんて重いもの……」

「なんやねん、俺はここのカツサンドが昔から大好きなんや。知っとるやろ」

「それはもう……でも、半年前に胃を半分切除してから、脂っこいものは……」

「やかましいなぁ、お前は。カツサンドぐらい大丈夫やて。心配せんでも」

おじいさんがむぅっと眉を寄せて、そっぽを向く。

おばあさんはそっとため息をつくと、諏訪を見上げた。

「では、カツサンドと……豆腐つくねとごぼうサラダのサンドありますか？」

「ありますよ。玉子サンドもいかがですか?」

「ああ、玉子サンド……!」

おじいさんを心配してか一瞬曇っていたおばあさんの表情が、ぱぁっと明るくなる。

「嬉しいわぁ、玉子サンドだけは、『幸福堂』さんやないとねぇ」

「そう言っていただけて嬉しいです。今、持ってきますね」

諏訪が奥の厨房へと走ってゆく。

「悠坊、表情筋は仕事せぇへんけど、ええやつやろう?」

おじいさんが目を優しく細めて、悪戯っぽく言う。

晶も、厨房を見つめたまま笑って頷いた。

「そうですね」

「心配しとってん。悠坊、また居場所を失くしてしもうたんやないかって」

「え……?」

その言葉に引っかかりを感じて、ふとおじいさんを見る。

(今、またって言った……?)

昔、諏訪に何かあったのだろうか——?

尋ねてもいいものだろうかと迷っていると、諏訪がビニール袋を手に戻ってくる。

「お待たせしました。カツサンドと、豆腐つくねとごぼうサラダのサンド、玉子サンドです。本日中にお召しあがりください」

「ああ、ありがとう。嬉しいわぁ。ええ匂いしとるときは、また寄ってもええか？」

「はい、もちろん。こちらも助かります」

江原夫妻と一緒に外へ出ると——これぞ秋晴れという天気。抜けるように高い青空が目に眩しい。

その空にも、吹き抜ける風にも負けない爽やかな笑顔で、おじいさんが手を振る。

「じゃあ、トレーニング頑張ってな。再開、楽しみに待っとるから」

「はい、ありがとうございます。頑張ります」

晶は諏訪とともに、深々と頭を下げた。

そのまま通りに出て、ご夫婦の姿が見えなくなるまでお見送りする。

「…………」

さっきのおじいさんの言葉が、頭から離れない。

だが、居場所を失くしたなんてことは、軽々しく訊けるようなことじゃない。

一緒に店へと戻って——晶は全然別のことを口にした。

「あの……半年前に胃を半分切除されたって仰ってましたけど……」

「ああ、うん。胃ガンでね。一時は余命宣告もされたんだよ。でも、手術は大成功して、今はお元気になられたんだけど……」

諏訪がわずかに心配そうに眉を下げる。

おじいさんが「カツサンド、あるか？」と訊いたときにも見せた表情だった。

「カツサンドは、あまりよろしくない……？」

「とくに身体に悪いわけではないんだけど、胃が脂っこいものをなかなか受けつけなくなったって聞いたな。なのに、どうしても食べたがるから困ってるんだと」

「え？　もう胃が受けつけないのに、食べたがるんですか？」

それって、どういう感覚なんだろう？

「晶ちゃんはまだ若いからピンとこないかもしれないけれど、歳とってくると大好物を昔のように楽しめなくなってくるもんなんだよ」

「若いからピンとこないかもって……。諏訪さんだってまだ二十九歳じゃないですか」

「いや、それにかんして言えば、二十代前半とアラサーはだいぶ違うよ」

「ほ、本当ですか〜？」

「そう思うことこそ、若い証拠だよ。アラサーになってみればわかる。体力も回復力も何もかも、そのたった数年間でめちゃくちゃ変わるから」

信じられないとばかりに眉を寄せた晶に諏訪は大真面目にそう言って、カツサンドを手に取った。

「でも大好物だから、食べたいんだよ。それが、昔と同じく美味しいことを知ってる。あの感動をもう一度味わいたいって思ってしまうんだ。でも、その欲求に身体のほうがついてこない。結果、体調を崩してしまう……」

厚切りのローストンカツに自家製の濃厚トンカツソースを絡めて、たっぷりの千切りキャベツとともに挟んだカツサンド。持つとずしりと重たい圧倒的なボリューム感が、学生さんや若い男性に人気だと聞いている。

「江原さんのことは、圭祐さんも心配してたんだ。週に何度もカツサンドを買っていく。奥さんから脂っこいものはもう胃が受けつけないと聞いていたのに……前と変わらず。でも、やっぱり食べたあとは調子を崩されているようでね……。下手をしたら、その日一日ものが食べられなくなることもあるらしいんだ」

「そんなに……？」

「そこまでしんどい思いをしても、食べたくなってしまう気持ちがわからない？」

晶は頷いた。

「いくら好きだからといって……」

「思い出の味でもあるらしいんだ。『幸福堂』で最初に食べたのがカツサンドだったんだって。それでうちの店に惚れ込んだんだって。だから江原さんには、『幸福堂』でカツサンドを食べないなんて考えられないんだって」

「でも、食べるたびに体調を崩して『昔は美味しく食べられたのに……』って思うのも切なくないですか？　毎回、自分の老いや衰えを思い知らされるってことですよね？　私だったら、食べるのをやめると思うんですけど……」

「かもしれないね。でも、奥さんも『幸福堂』のファンだから、自分の都合で通うのを止めようとは言えないし、言いたくない。奥さんと一緒に美味しいものを楽しむ時間を失いたくない。だから、今までどおり『幸福堂』に通うけれど、一番食べたいものから目をそらさなきゃいけない——。それも同じぐらい切ないと思うよ」

「……！　それは……」

「自分の老いや衰えを認めて、真正面から受け止めるのは、勇気がいるものだと思う。多少現実逃避したところで、それは仕方がないことなんじゃないか？」

たしかに、それはそのとおりだ。

晶がぐっと押し黙ると、諏訪も「正解不正解がない問題だから、難しいんだよな」と肩をすくめた。

「デリケートな問題だから、こちらがどうこう言えることじゃない。結局は江原さんの好きにさせてあげるしかないんだ」

たしかに、江原自身が折り合いをつけてゆくべき問題だ。それはわかっている。

「でも、やっぱり心配ですよ。『幸福堂』のサンドウィッチは、日常に寄り添うもの。ささやかな幸せを運んでくれるものでしょう？　それなのに……」

『幸福堂』のサンドウィッチを食べて、しんどい思いをしてほしくない。

「うん、わかるよ。俺も心配だし、圭祐さんも心配していた。それで実は、もう一種類カツサンドを作ろうとしていたんだけど……」

そう言って、諏訪は吊り戸棚からノートを出してコールドテーブルの上に広げた。

「どうやら、ソースの味が定まらなかったみたいなんだ。ほら」

そのページは、さまざまな走り書きで埋め尽くされていた。

『大根おろし』『りんごのすりおろし』『玉ねぎのすりおろし』――大根おろしに丸が、りんごはぐちゃぐちゃと消され、玉ねぎの下には『みじん切りに変更』の文字。

『ポン酢』『酒』『みりん』『砂糖』『醬油』『穀物酢』などの調味料も。何度も消したり、書き直したり、分量と思われる数字がいくつもあったり、それらすべてが大きなバツで消されていたり。たしかに、試行錯誤の痕跡が見て取れた。それも、かなり。

「これって……」

「どうやら、和風の口当たりがさっぱりしたソースを作ろうとしていたみたいなんだ。

「ボリューム感は変えず、満足感は今のままで、だけど胃にもたれないカツサンド――」

晶はふと眉を寄せた。

(待って？　大根おろしにりんごに玉ねぎを使った和風ソース？)

断片的な言葉に、呼び覚まされる記憶がある。

「どうやら、目指す味もあったみたいなんだよね。でも、結局完成しなくて……」

「――すみません。ちょっと貸してください」

諏訪の言葉を遮って、晶はノートを引き寄せ、書かれている文字を声に出して読んだ。

「胡麻？　大葉、果実感はどこから？　りんご？」

だけど、『りんご？』と『りんごのすりおろし』はまた消されている。

「酸味と果実感は別で？　同じで？　ポン酢や穀物酢は酸味が立ち過ぎる……」

どんどん頭の中で言葉の欠片たちが結びつき、形を成してゆく。

もしかして、父が求めていたソースは――。

「晶ちゃん？」

「――諏訪さん」

晶は顔を上げると、コールドテーブルに手をついて身を乗り出した。

「父が作り上げようとしていたソース、わかるかもしれません」

「え……？」

「作ってみてもいいですか？　いえ、作らせてください！」

たしかに老いや衰えにかんしてはピンとこないことも多い。だから晶には、ご夫婦の気持ちに完璧に寄り添うことは難しい。

だけど、『幸福堂』のサンドウィッチを食べて、悲しい思いをしてほしくない。

父が作り上げたそれは、お客さまに幸せをもたらすもののはずだから――！

「大好きな人と、大好きなものをいつまでも楽しめるように……やらせてください！」

◇＊◇

「ほら、二回目でできたじゃないか」

諏訪が満足げに目を細めて、壁の時計を指差す。針は八時四十五分を示していた。

「今日は質問もなかったしね。チェックしてくださいっていうのはあったけど」

「いや、でも……」

晶はコールドテーブルにズラリと並ぶサンドウィッチたちを見て、ため息をついた。

「メニュー数はこの前と同じ全体の三分の二の量ですし、一種類につき二つしか作ってないので、当然その分仕込み量も調理量も少ないわけで、それでギリギリ十五分前ってどう考えてもいい成績じゃないと思いますけど……」

「通しでやるのが二回目だって忘れてない？　それでこの成績は大したものだよ」

諏訪はそう言うと、バットの中に残ったスライスきゅうりをつまみ上げた。

「野菜の下処理は完璧、切り方も均一。ほかの具材の仕込みもすべて綺麗にできてる。誰がなんと言おうと合格だよ。それにメニュー数にかんしてだけど、とりあえず最初はこの量——全体の三分の二でいこうと思ってる」

「え？　フルで作らないんですか？」

「ああ、この数でいこうと思う」

「それって……」

晶は唇を噛んで下を向いた。

「私のせいですよね？　私が頼りないから……」

「いや、そんなふうに考えないでくれ。晶ちゃんが圭祐さんレベルで動けたとしても、どのみちフルは無理なんだ。レシピを教わってないメニューもあるから」

「え？　そうなんですか？」

「ああ、そして、俺のほうこそ余裕がないんだ。今、パン焼きは俺一人の仕事だからね。先に言っておくけれど、晶ちゃんに教えないのは、俺のほうに教える技術がないからだ。晶ちゃんが頼りないからじゃない。そんなふうに考えたりしないでくれ」

先回りをして釘を刺されて、晶は苦笑した。――本当にこの人は優しいな。

「はい、わかりました」

「何度も言ってるけど、晶ちゃんは思っていた以上によくやれているよ。これならもう週明けには営業再開できると思う」

「……！　本当ですか？」

「ああ、晶ちゃんのおかげだよ。――こっちもね」

諏訪が壁に貼ってあったレシピカードを取り、ヒラヒラと振る。

「昨日教わったとおりに作ってみたけど、味を確認してくれ」

そして、ステンレスのミニボウルに入れて冷ましていたソースを晶の前に差し出した。

それをスプーンですくって、口に入れる。舌の上で転がしながらじっくりと味わって、晶は頷いた。

「はい、この味です。間違いありません」

みじん切りの玉ねぎをじっくり炒め、そこに固く絞った大根おろしと醤油、酒、砂糖、みりんを入れて弱火で煮詰め、最後にりんご酢と刻んだ大葉を加えてできあがり――。大葉の爽やかな香りとりんご酢の優しい酸味が特徴の和風おろしソース。

サンドウィッチ用に少し葛粉でとろみをつけたが、アレンジはそれだけだ。

「母の味です。トンカツやハンバーグにかけて食べる、我が家では定番の味でした」

「そうか、じゃあ間違いないな。圭祐さんが再現しようとしていたのはこれだ」

諏訪が新しいスプーンを手に取り、和風おろしソースを口にする。

「トンカツをトンカツソースじゃなくて、大根おろしとポン酢でさっぱり食べたりするだろう？　圭祐さんが目指しているものはそういう感じかなって勝手に思ってたから、かなりマイルドで驚いた」

「私が酸っぱいソースやドレッシングがあまり得意ではなかったので」

「そうなんだ。――うん。でも、りんご酢と大葉がきいてるね。玉ねぎの食感もいい。美味い。あとは、これをどうサンドウィッチに組み立てるかだけど……」

「トンカツソースほど味が濃くないので、千切りキャベツの量は減らしたほうがいいと思います。でも、ただ減らすとカツサンドのあのボリューム感が失われてしまうので、スライストマトを入れてみてはどうでしょう？　相性はいいと思います」

上げる。

すぐさま、諏訪が油の海を泳いでいたカツを確認、しっかりと油を切って、バットに
と同時に、フライヤーのタイマーがピーピーピーと鳴いた。

諏訪が、晶が下処理した野菜のバットたちを引き寄せる。

「トマトか……」

「ちょっと、カツとソースだけで食べてみたいな」
諏訪がそう呟いて、ナイフでトンカツの端っこを切り落として晶が差し出した小皿に
載せる。何も言わずとも、ちゃんと二切れ。
それにソースをたっぷりつけて、口の中へ放り込む。
「……！　これは美味いな！」
諏訪が目を丸くする。
(あ、表情筋が仕事してる)
かなり衝撃的だったようだ。
「いいな！　ソースだけだとかなりマイルドだけど、カツと一緒だとりんご酢の優しい
酸味が際立つ！　大葉の清涼感もいい！　これは驚いた……！」
そう言うと、諏訪はコールドテーブルにまな板を置き、食パンを二枚並べた。

「この酸味と清涼感は前面に出したい。となると——カツサンドのときパンに塗るのはバターだけど、その風味すら邪魔だな。マヨネーズを薄く塗るのもいいけど、できれば油っぽさは極力排除したい。でも、パンに油脂を塗らないわけにはいかないから……」

さらにブツブツと呟きながら、腕を組んで思案する。

そして、ふと顔を上げると、冷蔵庫からジャムのような瓶を取り出した。

「なんですか？　それ」

「エキストラバージンオリーブオイルのスプレッド。スプレッド化したことによって、マーガリンやバターの代替品として使うことができるんだけど、百パーセントピュアなオリーブオイルだから、トランス脂肪酸やコレステロールを含まないんだ」

「へぇ……！」

「これを薄く塗って、トマト、ソースを絡めたトンカツ、今までのカツサンドのときの三分の二の量の千切りキャベツを盛って、パンを載せる、と……」

そのサンドウィッチをラップで包み、その上にまな板を載せてほどよくプレスする。

そして、しばらく待って——四等分に切り分けた。

「商品になったら、二等分なんだけどね。今は食べやすさ優先。——どう？　まずは、見た目だけど……」

「断面を見るに、今までのカツサンドよりもあきらかにボリュームダウンしてるという印象はないですね。トマトが入って色鮮やかになったのもあって、美味しそうです」

「うん、俺も同じ意見」

諏訪と晶は顔を見合わせて、試作のカツサンドを手に取った。

「じゃあ――実食」

頷き合って、同時にぱくり。

「っ……！」

瞬間、諏訪も晶も大きく目を見開き、再び顔を見合わせた。

「美味しいっ……！」

「うん！　美味い！」

まじまじと手の中の新しいカツサンドを見つめる。

我が家では定番だった和風おろしソースが、こんなにもパンと相性がよかったなんて知らなかった。

「トマトがいい仕事してるな」

「ですね。自分で言っておいてなんですけど、こんなにも合うなんて」

もう一口食べて、今度は落ち着いてしっかりと味の分析をする。

「最後にほのかに香るオリーブもいいですね。後口のスッキリ感が増してます。だけど、風味が強過ぎないので、ソースの邪魔は一切していない……絶妙です」

「そうだな。これはお歳を召した方にはもちろん、女性受けもよさそうだ」

「わかります！　女性は絶対好きですよ！」

予想外のできに、頬が緩んでしまう。

どちらからともなく顔を見合わせ、ハイタッチ。

「やったな！　ほかの店では食べたことがない。間違いなく『幸福堂』だけの味だ」

「ですね！」

和風のカツサンドは数あれど、これは間違いなく唯一無二だろう。

「この味を作ろうとしてたのか……。やっぱり圭祐さんはすごいな……」

父が出て行ったあとも、我が家では定番中の定番だったのに、サンドウィッチにして食べたことは一度たりとてない。

作った母ですら見逃していた。父だけが気づいた——このソースの可能性。

「本当に……。父はすごいです」

「圭祐さんだけじゃないよ。晶ちゃんのお母さんもすごい。このソースを作り出したんだから」

諏訪の言葉に、なんだかとても誇らしくなる。

晶は唇を綻ばせ、頷いた。

「そうですね。二人とも、すごいです」

だが、諏訪は目を細めて首を横に振る。

「二人じゃない。三人だ」

「え……？」

「晶ちゃんだって充分すごいよ。お母さんの味を忠実に再現できるんだから」

「諏訪さん……」

「晶ちゃんがいたから、完成したんだ。それを忘れないで」

「っ……」

（ああ、もう、本当にこの人は……）

ほしかった言葉を、いつもさりげなく、そして惜しげもなく口にしてくれる。

甘くて、優しくて、心地よくて――困ってしまう。

赤くなってしまった頰を隠すようにしてさすっていると、売り場のほうからノックの音が響いた。

「悠坊～！」

続いて聞こえた声に、諏訪が売り場とは反対側の壁を見上げる。

「ああ、もうそんな時間か」

「いつも、このぐらいの時間に来られるんですか？」

「そうだね。夫婦で日課の朝の運動をして、その帰りに来てくださるんだ」

「へぇ、素敵ですね」

「グッド・タイミングだ。実際に食べてもらおう」

そう言って、諏訪が売り場へと駆けてゆく。

晶は紙おしぼりを用意し、お皿を取り出して試作のカツサンドを並べた。

そして、「江原さん、ちょっと食べていただきたいものがあるのですが」という声を聞きながら、それを持って売り場に向かう。

「おお、晶ちゃん！　おはようさん！」

「おはようございます！」

おじいさんが秋晴れの青空のような爽やかな笑顔で、手を振ってくれる。

負けずに元気に挨拶すると、おじいさんが晶の手にある皿を覗き込んだ。

「悠坊、これか？　食べてほしいもんって」

「はい。圭祐さんが、江原さんのために作ろうとしていたものです」

「……！　倖田さんが？」

「はい、晶ちゃんのおかげで完成させることができました。和風カツサンドです」

「和風……カツサンド？」

『カツサンド』と聞いた途端、おばあさんが不安そうに表情を曇らせる。

「あのぅ……それは……」

「大丈夫です。父の――『幸福堂』のサンドウィッチは、お客さまを笑顔にするためのものですから」

気まずそうにモゴモゴと口ごもるおばあさんに、にっこりと笑いかけて言う。

もちろん、無理強いするつもりはない。それでも、できたら試してほしい。

これは父が――江原夫妻を笑顔にするために考えたものなのだ。

「いつものカツサンドとは違うんか？」

「ええ。四分の一サイズですし、食べてみてください。――奥さまも」

「え？　私もですか？」

「むしろ、脂っこいものが苦手な方に試していただきたいです。よろしければ、ぜひ」

諏訪の言葉に、江原夫妻が顔を見合わせる。

そして、同時にサンドウィッチへと手を伸ばした。

おじいさんはワクワクした様子で、おばあさんはおそるおそるといった感じでそれを口に入れ――晶と諏訪がそうしたように二人も息を呑み、目を丸くした。

「こりゃあ、美味いなぁ！　もちろん、いつものカツサンドも美味いんやけど……」

「本当に。まぁまぁ、揚げものがこんなにさっぱりといただけるなんて……」

「ほんまやなぁ。いくらでも食べられそうや」

とても嬉しそうに顔を輝かせて、その言葉どおり二人とも四分の一サイズをぺろりとたいらげる。

思わず、ホッと胸を撫で下ろした。――よかった！　笑顔になっていただけた！

それがことのほか嬉しくて、自然と笑みが零れる。

「今までの『幸福堂』のカツサンドは、厚切りロースカツに自家製濃厚ソースが特徴のボリューミーなものだったので、中高年の方や女性にはなかなか手に取っていただけていませんでした」

「そうですねぇ、私は食べられませんでしたもの。半量ですら、しんどくて……」

「カツサンドが大好物だった江原さんも、大病を患って以降重たく感じるようになってしまったと聞いて、圭祐さんはもっと幅広い層の方に楽しんでいただけるカツサンドを作りたいと、実はずっと試作を続けていたんです」

「そうやったんや」

「ええ。きっかけは江原さんでした。でも、完成させることができないまま……」

「っ……」

瞬間、おじいさんがくしゃりと顔を歪める。

「あの人はもう……いっつもそうや。人のためにばかり動く人やった。みんなの笑顔が見たいんやー言うて……。こっちもやっちゅーねん！」

しわに埋もれた目尻から、ほろりと透明な雫が零れ落ちた。

「こっちこそ、倖田さんをもっと笑顔にしてやりたかったわ！　倖田さんがくれる分、全部全部返したかったわ！　こんな早ぅに逝きおってから……！」

「っ……」

その言葉に、涙に、胸が苦しいほど熱くなる。

（ああ、父は……こんなにも想われていたんだ……）

肩を震わせるおじいさんの小さな背を、諏訪が優しくさする。

「圭祐さんが遺したメモを紐解いて、晶ちゃんが完成させてくれたんです。だから――どうしても最初に江原さんに食べていただきたかったんです」

「……俺に……」

おじいさんが涙で汚れた顔を上げる。

晶は込み上げてくるものを堪えながら、大きく頷いた。

「はい。父は江原さんの笑顔をとても見たかったと思うので」

「っ……晶ちゃん……」

「生意気を言えるような立場ではありませんが、でも無理だけはなさらないでください。父が目指した『幸福堂』の味は、日常に寄り添い、小さな幸福を運ぶものと聞きました。だったら、食べたら笑顔になっていただかなくては」

父のことはよく知らない。だけど、これだけは絶対的に自信をもって言える。

誰かの笑顔が見たいがために『幸福堂』をはじめた父が、諏訪や江原夫妻にここまで想われていた父が、その顔が曇ることをよしとするはずがない！

「今までのカツサンドはもちろん、この和風カツサンドもそれ以外のサンドウィッチも父の——この『幸福堂』のメニューはすべて美味しいですよ。体調に合わせていろいろ楽しんでみてください」

そう言って、晶はおじいさんを見つめたままにっこりと笑った。

「そして、食べるたびに笑顔を見せてくれたら嬉しいです！」

それでこその『幸福堂』——。

おじいさんは身を震わせると、「かなわんなぁ、そんなふうに言われちゃあ……」と苦笑した。

「せやな。俺のつまらん意地で天国の倖田さんを心配させたらあかんな。ありがとう、晶ちゃん」

「……こちらこそですよ」

晶のほうこそお礼を言いたい。

父を想ってくれてありがとう。

『幸福堂』を愛してくれてありがとう。

あの玉子サンドを食べたときよりもっと、父のことを知りたくなった。

父が母と自分を愛していてくれた証も、さらに見つけられた。

『幸福堂』を守ってゆくことに、意義を見出せた。

晶にとってそれ以上のことはない。

ここに来てよかったと、心の底から思う。

「江原さん、今日もサンドウィッチを持って行ってもらいたいんですけど……」

「言われんでも、そのつもりや」

諏訪の言葉に、おじいさんがすんと鼻をすすって頷く。

「この和風カツサンドはまだあるんか？」

「いえ、試作なのでこれだけなんです。すみません」

「ほな、それはお店が再開したときの楽しみにとっとこか。じゃあ、カ、カ、サ、ハ、ハンド以外で、俺の好きそうなもん見繕ってくれるか？」

「……！　はい」

おじいさんの言葉に少し驚いた様子で一瞬動きを止めたものの、諏訪はわずかに目を細めて頷いた。

表情の変化は乏しいが、諏訪が心から喜んでいるのが見て取れた。

「おすすめしたいものがたくさんあります」


先日と同じように、通りまで出てお見送りをする。

爽やかな風が吹き抜ける。今日も清々しいほどの秋晴れだった。

「本当に、ありがとな。晶ちゃん」

「いえ……。実は両親が離婚してから父とは疎遠で、お恥ずかしながら私は父のことを何も知らないんです。なので、これからいろいろと教えてくださると嬉しいです」

「そんなん、なんぼでも」

おじいさんが笑顔で、サンドウィッチが入った袋を振る。

「俺も天国《あっち》に行くのもそう遠くないやろって思ってたけど、そういうわけにもいかんくなったな。まだまだ頑張らにゃ」

「そんなこと思ってたんですか？　やめてください。いつまでも元気でいてくれないと困ります」

諏訪がそう言うと、おじいさんはさらに嬉しそうに笑った。

青く澄み渡った秋の空よりも爽やかで晴れやかな笑顔だった。

「おう！　悠坊と晶ちゃんの子供の顔を見るまでは死ねんわ。あっちで待つ倖田さんに、可愛い孫の話をぎょうさん土産に持ってったらんと！」

「あらあら、本当に。頑張らないといけませんねぇ」

「え……？」

「ほなな！　『幸福堂』の再開、待っとるからな！」

思いがけない言葉に、一瞬ポカンとしてしまう。

「じゃあ、おおきにな！」

「また、寄らせていただきますね」

「え……？　あ、はい……。ぜひ……」

去ってゆく二人の背中を見送って、晶はパチパチと目を瞬いた。
（こ、子供って……孫って……）
「あ、そっか……。そういう設定だったっけ……」
諏訪が小さな声でそう言って、なんだか照れたように頭をかきながらそっぽを向く。
瞬間、ぼっと顔に火がつく。
晶は慌てて下を向いた。

Nishikita Kofukudo

三品目

異質が魅力の
自家製ベーコンのカスクート

「ようやく燻《いぶ》しですか……。これ、コストかかり過ぎじゃないですか？」

　思いがけない言葉だったのだろうか？　ステンレススモーカーを設置していた諏訪がふとその手を止め、晶を仰ぎ見た。

「コスト？　いや、別に？　手間がかかってるだけで……」

「いや、手間も立派なコストじゃないですか」

「あー……厳密にはそうなんだろうけど……」

　そう言って小さく肩をすくめて、スモーカーの中にしっかりと乾燥させた豚肉の塊を吊るし入れる。きっちり蓋を閉めて、下部窓からチップ皿を取り出した。

「美味しいものに手間がかかるのは当たり前だろう？」

「そうですけど、限度がありません？　一つの具材を作るのに一週間もかかるなんて」

「俺には技術もセンスもないから、手間をかけるしかなかったんだ」

　そこにヒノキのスモークチップを入れて、ピートスモークパウダーと少量のざらめを振りかける。そしてチップに火をつけて、下部窓から中に入れて——完了。

「まぁ、そのときは、まさか俺が『幸福堂』のパンを全部焼くことになるなんて思いもしなかったしね。圭祐さんに『美味い！』って言わせてみせるって……それしか考えてなかったんだよ」

五年間——諏訪が父とともに暮らしながらパン屋で働いた中で、提案したメニューは数あれど、実際に採用されたのはたったの二つだけだったそうだ。

そのうち一つが、『自家製ベーコンのカスクート』。

『自家製』とあるからには、『幸福堂』のパンに合うベーコンを手作りしているわけだけれど、できあがりまでになんと一週間もの時間がかかる。

下処理した豚の塊肉を四日間かけてソミュール液に漬け込み、半日かけて塩抜きし、一日かけて乾燥させ、三時間から四時間ほど燻して、一晩寝かせる——。聞くだけでも気が遠くなりそうな作業だ。

「もちろん、それだけ美味しいんですよね？」

諏訪の隣にしゃがみこんで、スモーカーを見つめる。

晶はまだ『自家製ベーコンのカスクート』を食べたことがない。理由は簡単。肝心のベーコンが切れていたからだ。

ようやく味見ができると心躍る反面、心配でもある。かけた手間が尋常じゃないため、それだけハードルも上がっているからだ。

果たして、『これは一週間かけるだけの価値がある！』と唸らせてくれるだろうか？

「どうかな。圭祐さんが認めてくれた程度には美味いと思うよ」

だが、諏訪の答えは実にのほほんとしたものだ。

「諏訪さんは、もともとお料理がお好きだったんですか？」

瞬間、ビクリと諏訪の手が止まる。

目に見えて諏訪の顔色が変わって、晶は思わず目を見開いた。

（え……？　私、そんな変なこと言ったっけ？）

諏訪のあきらかな動揺に戸惑い、晶は小首を傾げた。

「あの、諏訪さん……？」

「っ……ああ、いや、どうだったかな？　そうなのかもしれないな」

とってつけたように言って、諏訪がパッと晶から視線をそらす。

（もしかして、はぐらかされた……？）

自分のことを訊かれるのが好きではないだろうか？

言われてみれば、今まで諏訪のことを尋ねても、返ってきたのははっきり断言しない微妙な答えばかりだったような気がする。——なぜだろう？

「あの……私、変なこと訊いちゃいました？」

「いや、そんなことないよ。大丈夫」

諏訪が少し慌てた様子で首を横に振る。

しかし、あきらかにそれ以上は訊いてほしくなさそうだった。

「燻製が終わるころには昼だね。今日のランチは——そうだ。ちょうど日曜日だから、日曜しか営業していないとっておきの店に行こう」

諏訪が立ち上がりながら、話題を変える。

何かをはぐらかすかのような態度が少し気になるものの、別にそれほど知りたかった話題でもない。料理が好きだったかどうかなんて。もちろん、諏訪の過去を詮索したいわけでもない。諏訪が話したくないというのであれば、それでいい。

小さく肩をすくめて気を取り直して、晶もまた立ち上がった。

「とっておきのお店、ですか？」

笑顔で尋ねると、諏訪が少しだけホッとしたように息をつく。

「ああ。正直、『Breadart』さんのサンドウィッチは、店の名前どおり芸術だと思う」

「ブレッダートさん？　店の名前って……あ、ブレッドとアート？」

「そう。日々何気なく消費するものにこだわれば日常をもっとごきげんにできるはずと、パンという日々の糧にこだわり抜いて、自分たちが作りたいものを作り上げる。それが人々をごきげんにして、巡り巡って自身もごきげんにするという理念のもと、独創的なパンを作っているお店だよ」

「……！　それって、『幸福堂』の想いと似てる……」

「そう。すごくいいお店なんだ。晶ちゃんもきっと気に入るよ」

その言葉だけで、もうワクワクが止まらなくなる。

「楽しみです！」

◇＊◇

その店は、JR甲子園口駅の北口から徒歩一分。『ラックス2番館』というレトロなビルの地下一階にあった。

クラシカルな格子ガラスの向こうは、木の温もりが優しい空間。

L字形のカウンターにはパンがズラリと並んでいたけれど、すべては完全対面販売。客がパンに触れることはない。もちろん、サンドウィッチも。サンドウィッチは注文を受けてから具材を挟んで仕上げるスタイルだ。

商品を購入し、車で近くの公園へ。途中、コンビニでコーヒーを買うのも忘れない。

諏訪が車を停車させるのと同時に、晶は袋の中を覗き込んだ。

「何を買ったんでしたっけ？」

「俺のおすすめの『生ハムトマト・マスカルポーネ』と『ポークリエット・キャロットラペ』、晶ちゃんが食べたいって言った『和牛ロースト』と『たまごサラダ』。あとは、『フルーツスプレッド・マスカルポーネ』のいちごとブルーベリー」

「あ、全部半分にカットしてもらったんですね」

「どうしても、買った分は全種類味を見てほしかったからね」

サンドウィッチに使われている塩バターパンは一般的なバターロールより少し大きい。しかもセミハードだ。半分とはいえ六種。三個分も食べられるだろうか？

「私、セミハードパンのサンドウィッチって今まで食べたことあったかな？　ちょっと思い浮かばないぐらいですね」

「そうなんだ？」

「そもそも、ハードパンのサンドウィッチがあまり好きじゃないんです。食べにくくて。ハードパン自体は好きなので、食事パンや調理パンはよく食べるんですけどね。だから自然と避けていたのかもしれません」

「ああ、なるほど」

諏訪は納得した様子で頷き、『たまごサラダ』のサンドウィッチを差し出した。

「じゃあ、驚くと思う」

晶は『たまごサラダ』の半分を受け取って、内心首を傾げた。

驚く？　セミハードパンに？　このサンドウィッチに？

（すごくシンプルな玉子サラダサンドに見えるけど……？）

全粒粉の塩バターパンに、粗めに潰した玉子ペースト。名次珈琲店のそれと同じく、とてもシンプルだ。

（諏訪さんが言うんだから間違いないんだろうけど、どこに驚きの要素が……？）

とにかく、ものは試し。まずは一口頬張ってみる。

「――っ⁉」

鮮烈な驚きが全身を貫く。

（えっ⁉　な、何⁉　この味！　この食感！）

よく噛んでしっかりと味わってから――晶は呆然として諏訪を見上げた。

「な、なんですか？　これ！　クラストはカリッと香ばしいのに、薄くて歯切れがいい。中の生地はしっとりもっちり。噛むたびに小麦の味がダイレクトに広がって……」

全粒粉を使ったパンは好きだしよく食べるけれど、小麦の香ばしさと旨味がここまで濃いものははじめてだ。

「美味しい……！　食感も味も、これは初体験です……！　美味し過ぎます……！」

「だろうね。ここのパンは生地に油脂や砂糖が練り込まれていないんだ。そんなパンはそんじょそこらにあるものじゃないから」

その言葉に、さらに驚く。

「え？　砂糖はともかく油脂を練り込まずにパンって焼けるものなんですか？」

「できなくはないし、ハード系のパンなんかはそういうレシピのものも多いよ。だけど、だいたい大きな気泡ができて、きめは粗くなる。クラストも厚くなりがちだし、均一に膨らませるだけでもかなりの技術がいる」

「たしかに噛みごたえはあって、食感もハード系に近いですけど、クラストは薄くて、生地もきめ細かいです。それにハード系にはない水分量って言うか……。サクッとしたこの歯切れの良さ。噛みごたえはあるけれど、硬いわけじゃない……。最初はカリッと、次にサクッと、最後にもちっと……ソフト系とハード系の良いところ取りみたいな？なんですか？　これ。初体験過ぎるんですけど……！」

「そう、だからすごいんだ。俺には絶対に焼けない」

あまりに美味し過ぎて、半量だと一瞬だ。

「あれ？　でも待ってください。サンドウィッチに使われているのは塩バターパンじゃなかったですっけ？」

油脂や砂糖が練り込まれていないのに、バターパン？

「そのバターは上に載せて焼いてるんだ。生地に練り込んではいない」

「あ、なるほど。それで……。バターはふわりと香るけど、生地には余計なものが一切入っていないから小麦本来の味が前面に出ているってことですか？」

「そう」

諏訪は頷いて、袋から別のサンドウィッチを取り出して、晶に差し出した。

「サンドウィッチの具材はすべて、このパンの味をベースに組み立てられているんだ。だから、ほかとはまるで違うだろう？　シンプルな『たまごサラダ』ですら」

「はい、全然違いました。美味しかったです」

「じゃあ、次は『生ハムトマト・マスカルポーネ』かな。生ハムとセミドライトマトとマスカルポーネチーズ。組み合わせ自体はそんなに珍しいものじゃないけれど、これも驚くよ」

その言葉どおり、食べた瞬間またまた衝撃が走る。

「な、なんですか⁉　これ。セミドライトマト⁉　ど、ドライとは⁉　ジューシーで、トマトの味がすごく濃くて……まるでトマトソースじゃないですか！」

「そうだろう？」

それに生ハムとマスカルポーネチーズが尋常じゃないほど合う。パンの味も混然一体となって――ああ、たしかにこれは芸術だ！

やっぱり半量だとすぐになくなってしまう。ああ、もっと食べたい！

次々と買ってきたサンドウィッチにかぶりつく。

『和牛ロースト』は、低温調理してから表面を高温で一気に焼き入れされた黒毛和牛が、これがサンドウィッチの具材かと驚愕《きょうがく》するクオリティだ。正装してナイフとフォークで食べるべきだろう。

『ポークリエット・キャロットラペ』は、三田ポークで作った自家製ポークリエットが濃厚でとにかく美味しい。パンに存在感があるから、これだけパンチのあるリエットを具にしても一切負けてない。ヴィネグレットソースのキャラットラペとの相性が抜群。

『フルーツスプレッド・マスカルポーネ』は、フルーツだけで作るスプレッドに脱帽。これだけ味が濃くて、美味しくて、砂糖不使用でヘルシーで身体にいいなんて、最高！パンやマスカルポーネチーズとの相性の良さにはもう震えるしかない。

「いや、もう、本当に芸術的過ぎてどうしよう……！」

食べられるかなんて心配は、まったく無用だった。夢中で食べてしまった。

大満足も大満足だ。諏訪と二人、コーヒーを飲みながら幸せな余韻に浸る。

「この店の唯一の減点ポイントは、コンスタントに新作メニューが出ることかな」

「え？　それのどこが減点ポイントなんですか？　めちゃくちゃいいじゃないですか」

「いや、考えてみてくれ。新作メニューが出るってことは、当然消えていくメニューもあるってことだ。つまり……」

諏訪の言わんとしていることを理解して、ショックに打ちのめされる。

危うく、コーヒーのカップを取り落とすところだった。

「こ、これが、食べられなくなっちゃう日が来るってことですか……!?」

「そのとおりだ。俺がこの店ではじめて食べた『さばラタトゥイユ』と『鶏ほうれん草クリーム』は今は食べることができない。それがどれだけ悔しいか……！」

「それはたしかに罪深い。私、この『生ハムトマト・マスカルポーネ』が食べられなくなったら、三日三晩泣くと思います。っていうか『さばラタトゥイユ』ですって？」

――名前だけですこぶる美味しそうだ。

「それ、誰を脅せば私も食べられますか？」

「……物騒だな。そんなこと言ってはいけません」

「だって……食べたいですもん……」

大仰にため息をつくと、諏訪がなんだか少し楽しげに目を細めた。

「さて、明日、『幸福堂』が再オープンするわけなんだけど……どうだった？　連日のサンドウィッチの勉強は」

「楽しかったです！　はじめに諏訪さんの仰っていたとおり、本当にお店によって全然違うので、飽きることはありませんでしたね」

最初はまさかと思っていたけれど、本当にほぼ毎日サンドウィッチを食べていたのに、一度も『またサンドウィッチか……』などと思うことはなかった。

むしろ、どんどんお勉強が楽しみになっていった。

「とくに印象深かったのは、『ルマン』の『エッグサンド』ですね。最初は見た目から厚焼き玉子サンドだと思ったら、食べたら食感が全然違ってて……。厚焼き玉子よりも柔らかくて、口の中でほろほろと解けて、玉子の味がこれでもかと広がって……」

厚焼き玉子サンドだと思ったら、スクランブルエッグをたっぷり挟んだものだった。

その驚きと言ったら。

「それだけじゃないんですよね。玉子サラダもアクセントとして一緒に挟みこんでいて、タカラジェンヌに愛されて五十年は伊達じゃないなって思いました」

宝塚南口駅のほど近く。西宮市内ではないけれど、西宮から中津浜線を北上するだけ。時間帯にもよるが、二十分ほどで到着する。意外に近くて驚いた。

いや、遠かったとしても、『ルマン』の『エッグサンド』は絶対に一度は食べるべき逸品だと思う。

「そうだね。『ルマン』は『フルーツサンド』もめちゃくちゃ美味いよ」

「え……？　今、言います？　それ。どうしてお店に行ったときに教えてくれなかったんですか？」

思わずにらみつけると、諏訪が小さな声で「ごめん……」と呟く。

「あとは、ブーランジェリー&カフェ『Sunny Side』の『スモークサーモンと生ハムのアボカドサンド』ですね。商品名には入っていないマッシュポテトこそ陰の主役でした。スモーキーなサーモンと塩味が強めでジューシーな生ハムとクリーミーなアボカド――三者三様の具材を見事にまとめ上げていて、いい仕事をしているなぁと……」

「ああ、たしかに」

ブーランジェリー&カフェ『Sunny Side』は阪神間に七店舗展開しているパン屋だ。西宮には、『西宮大社店』が廣田神社のほど近くにある。

駐車場は広く、イートインスペースもたっぷりあり、今の季節嬉しいテラス席も含め、昼下がりにはご近所の奥さまたちでとても賑わっている。サンドウィッチはもちろん、食事パンから総菜パン、菓子パン、ヴィエノワズリー系まで種類がとても豊富だ。

「あっ！　忘れちゃいけないのは『CONCENT MARKET』の『ジンジャーポークとポテトのカスクルート』です。ハード系のサンドウィッチが苦手なのにもかかわらず、ハートをつかまれちゃいましたからね。生姜がきいたタレが味わい深くて……！　『サーモンと柑橘のディルクリームサンド』も、スモークサーモンの塩味と甘夏とクリームチーズの酸味に加えて、ふわりと香るオリーブオイルの風味がたまらなくて……！」

『CONCENT MARKET』は、阪急夙川《しゅくがわ》駅から徒歩二分ほどの場所にある。

国産小麦にこだわり、一晩低温で長時間発酵させることで小麦の風味がより際立ったパンに魅せられる人はあとを絶たず、食べログの百名店にも四年連続で選出されていて、西宮でも一位二位を争う人気のブーランジェリーだ。

「忘れちゃいけないのは、『HAPPY TUMMY BAKERY』もです！　『やみつきサラダパン』と『ショコラバター』は衝撃でした！」

「ああ、あれね。あれは俺も驚いた」

『HAPPY TUMMY BAKERY』は、甲子園球場から甲子園筋を南下したところにある、赤と白のストライプの可愛らしい庇が目印のパン屋だ。

『やみつきサラダパン』は、滋賀で有名な『サラダパン』をリスペクトしたメニュー。細切りたくあんと高菜をマヨネーズで和えたものがコッペパンに挟んである。

お漬けものとマヨネーズとパンの異色コラボだが、なかなかどうしてやみつきになる。

『ショコラバター』は、簡単に言うとあんバタのショコラ版だ。

あんバタはどこでも見るけれど、ショコラははじめてで驚いた。ヘーゼルナッツを練り込んだショコラとバターの相性は抜群だった。

「ほかにも美味しい店はいっぱいあったんですけど、とくに印象的だったのは、最初の『名次珈琲店』と、今日食べた『Breadart』と今挙げた四店ですね」

サンドウィッチという一つの形に、そのお店の個性が凝縮されていた。

サンドウィッチなんてどこで食べても同じなんて、もってのほかだと思う。

「みんな違ってみんないいって感じで、本当に楽しめました」

とはいえ、もちろん楽しいだけではなかった。

こんなに素晴らしい店々がひしめき合う中で、『幸福堂』を——父が作り上げた味を守っていかなくてはいけないのだ。

西宮市はパン屋の激戦区でもある。そして住みやすい街の代表格である西宮エリアにおいて、日常を素敵に彩るパン屋は欠かせないもの。需要も高いだけに新規オープンもあとを絶たない。そんな場所で戦ってゆくのは、並大抵のことではないだろう。

不安は当然ある。ないわけがない。諏訪はともかく、自分はド素人なのだ。

それでも――やると決めた。父と同じように、お客さまに小さな幸せを届けるために。

そして、晶が知らなかった父の日常を、その中で感じた喜びを、苦労を、胸に抱いた願いを、想いを知りたい。知ることで、胸の中の空白を埋めたい。

それはきっと、晶自身の幸せにも繋がると思うから。

晶は諏訪を見上げて、さらに笑みを深めた。

「完全に諏訪さんにおんぶに抱っこな状態ですけど、精一杯頑張ります！　明日からもよろしくお願いしますね」

諏訪もまたそんな晶を見つめて、大きく頷いた。

表情筋はほとんど仕事をしていなかったけれど、その目がとても優しかったのは――間違いなく気のせいなんかじゃない。

「うん、頑張ろうね」

◇＊◇

「やっとやわぁ！　待っとったでぇ！」

「……！　いらっしゃいませ！」

『幸福堂』再開初日――。最初のお客さまは、『肝っ玉かあさん』という言葉が似合う、カラカラと豪快に笑うおばさまだった。その後ろには、長身の男性と二人の子供の姿が。

「――高畑《たかはた》さんだ。高畑和代《かずよ》さん。すぐ近くにお住まいで、休みの日の朝にはだいたい家族で来てくださる」

厨房から品出しのために出てきた諏訪が、こそっと教えてくれる。

(休みの日……？　あ、そっか。今日、祝日だった)

すっかり忘れていた。

「おはようございます。高畑さん」

「おはよう！　も～っ！　今日もええ男やないの～！　表情ないけど！」

しっかり念入りに両手を消毒してから、『塩麹チキンサンド』を並べる諏訪の背中をバンバンと叩く。

「マスクしてても無表情がわかるて、相当やで？　もうちょっと努力しいや、アンタ。客商売やねんから」

「それはもう諦めていただくしかないですね。表情筋がないんで」

「ないんかい。仕事せえへんだけやなくて？」

「ないんです」

諏訪は無駄にきっぱりと言い切ると、立ち上がってポンと晶の背中を叩いた。

「その分、彼女が笑ってくれますので」

「……！」

今の『彼女』はパートナーという意味ではない。ただの人称代名詞だ。

わかっていても、なんだかくすぐったく感じてしまう。

「ああ、江原さんから聞いてるで。倖田さんの娘さんやんな？　本当にこのたびは」

和代が晶の腕を優しくトントンと叩く。

お悔やみの言葉と気遣いに、晶は小さく頭を下げた。

「大変やったと思うけど、素直に言うわ。再開してくれてありがとうね。『幸福堂』が大好きやから、ほんまに嬉しいわ」

「そう言っていただけて、私も嬉しいです。これからもご贔屓にお願いします」

にっこり笑うと、和代が「あらまぁ」と目を丸くした。

「笑顔がお父さんによう似てはるわぁ。やっぱり親娘やねぇ」

「え？　そうですか？」

「うんうん、倖田さんもいっつも素敵な笑顔で迎えてくれはったからねぇ」

「そうなんですね……」

和代にとっては何気ない一言なのだろうが、自然と口もとが綻ぶ。

晶が知らない父の様子を知れるのは、とても嬉しく——また楽しい。

「ほんまにええ人やったわ。あんなええ人はおらんってぐらい。まだ信じられへんもん。倖田さんがもうおらんやなんて……。もう会われへんやなんて……」

和代はグスッと鼻をすすると、ふと厨房のほうを見た。

「それにしても、あの子はイケメンやけど不愛想やろう？　表情筋がないそうやからね。しんどい思いとかしてへん？　なんかあったら言いな。アタシがドーンと味方になってあげるから」

「え？　ああ、はい。ありがとうございます。でも、大丈夫です。諏訪さんはたしかに表情筋が仕事をしてませんけど、不愛想というわけではないです。すごく優しいですよ。いつも気遣ってもらってます」

「あら、ほんまに？」

「はい」

きっぱりと頷くと、何が嬉しかったのか和代は目尻を下げてにこーっと笑った。

「ほな、安心やな」

入口のところで手の消毒をして、お客さんが次々と入ってくる。

それを見て、和代は「ああ、モタモタしとったらあかんな。混雑してまうわ」と一言、家族を振り返った。

「ほれ、みんな何にすんの？　早よ決め！」

「なんかカツサンドが増えとるやん。俺はそれかな」

「オレ、いつものカツサンド～！　玉子サンドも買うやんな？」

旦那さんらしき長身の男性と、おそらく中学生だと思われる男の子がそれに答える。

「はいはい、新しいカツサンドといつものカツサンド、玉子サンド、塩麹チキンサンド、あとポテトサラダサンドも買おか」

和代自身も決断が速い。ひょいひょいと商品をトレーに載せてゆく。

「ほれ、美琴《みこと》は？　何にすんの？」

「え……？　えっと……」

和代の呼びかけに、高校生らしき女の子がビクッと身を震わせる。

「な、何って言われても……」

「は？　食べたいもんぐらいあるやろ？　も～いつもグズグズして。お父さんも圭太《けいた》もパッと決めたで？」

「…………」

美琴と呼ばれた女の子が、困った様子で商品棚を見回す。

そのままたっぷり三分ほど、あれこれ見ながら思案する。

退屈した男の子に「まだなん？」と訊かれ、和代に「早よしいや」とせっつかれて、増えてゆくお客に焦りながら——それでもようやく一つのサンドウィッチを指差した。

「じゃ、じゃあ……ええと……サーモンのエスカ……？」

「なんや、そんなもんが食べたいんかいな」

その商品を見て、和代が理解できないといった様子で眉を寄せる。

すると美琴は、またもビクッと身を弾かせ、その手を引っ込めてしまった。

「う、ううん、違う……これじゃないと思う……」

「はぁ？　はっきりせぇへんなぁ。結局何がいいのよ？」

和代が少しイライラした様子で肩をすくめる。

旦那さんと男の子も待ちきれなくなったのか、「外で待ってるわ。邪魔になるし」と店を出て行ってしまう。

そんな急かさなくともと思ったが、実際店は混雑しはじめている。

和代もそれが気になったのだろう。「アンタはもう……」とさらにため息をついた。

「早よ決めや。ほかのお客さんの迷惑になるやろ？」

「っ……な、なんでもいい……」

怒気を孕んだ声に美琴が委縮し、俯く。

「お母さん、適当に選んで……」

「はぁ？　散々迷ってそれかいな。サンドウィッチ一つ選ばれへんの。鈍臭いわぁ～。それやったら最初から任せといたらよかったやん。迷惑だけかけて、ほんまに～」

ブツブツ文句を言いながら、和代がＢＬＴサンドとハム玉子サラダサンドをトレーに載せる。

「はい、これでお願いね」

和代がそう言ってレジカウンターにトレーを置いて、晶は思わず美琴を見た。

（あきらかにサーモンのエスカベッシュサンドウィッチを選ぼうとしてたよね？）

いいのだろうか？　本当にこれで。

しかし、そうは思っても、トレーを差し戻すわけにもいかない。

「七点ですね？　ありがとうございます」

晶はにっこり笑顔で和代からエコバッグを受け取り、お会計をした。

その間――美琴はずっと床を見つめたままだった。

◇＊◇

予想外に多くのみなさまが、『幸福堂』の再開を待っていてくださったようだ。

一旦客足が落ち着くのは十四時を過ぎたころと聞いていたのだけれど、とんでもない。ようやく休憩を取れるかもと思ったときには、すでに十六時を大幅に回っていた。

（た、立ち仕事ってつらい……！）

疲労感が半端じゃない。ふくらはぎも腰もすでにパンパンだ。

「ようやく落ち着いたな……。晶ちゃん、疲れたろう？　奥で休憩して」

諏訪が厨房から顔を覗かせ、おいでおいでと晶を呼ぶ。

「何かつまんだほうがいいしね、何が食べたい？」

「きゅ、休憩はもちろんしたいですけど……座ったら二度と立てなさそうで怖いです。足がすでに生まれたての子鹿ですもん……」

ぷるぷる震える足を叱咤しながら一歩一歩歩く晶に、諏訪が目を細めた。

「立ち上がれなかったら、今日はそのまま上がりでいいよ。あと二時間ぐらい俺一人で回せるし」

「なんて誘惑ですか……それ……」

うっかり頷くところだった。危ない。危ない。

「甘やかしちゃ駄目です。ちゃんと最後まで頑張ります。だいたい、諏訪さんは明日の仕込みでここから忙しくなるじゃないですか」

「たしかにそうだけど」

「そんなふうに甘えていたら、いつまで経っても仕事に慣れることができませんから。ただ、甘いものはめちゃくちゃ食べたいです。お願いしてもいいですか？」

「よし、白くまサンドといちごサンド、どちらがいい？　それともほかのものにする？　なんでも作るよ」

『白くまサンド』は、かき氷の白くまをモチーフに作られたサンドウィッチ。練乳入りホイップクリームと色とりどりの季節のフルーツを挟んだもの。

『いちごサンド』は、大粒の完熟いちごと自家製濃厚カスタードとホイップクリームのサンドウィッチ。

どちらも甘くて、ものすごく美味しい。——迷ってしまう。

「じゃあ、あんバタといちごサンドで！」

諏訪が「任せて」と頷いて、さっそく作業に取り掛かる。

しかし、ほぼ同時に、売り場のほうでドアが開く音がする。

晶はハッとして、慌てて厨房を出た。

「いらっしゃいませ！　……！」

店に入って来たのは、高校生らしき四人の女の子。

そのうちの一人は、あの美琴だった。

「うわ〜！　『西つー』に書いてあったとおり、ほんまにサンドウィッチばっかりや！

マジ映え〜」

「ほんまや。めっちゃええやん」

「あれ、見て？　マジ美味しそうなんやけど」

美琴以外の子は、はじめての来店らしい。

サンドウィッチを眺めながら、きゃっきゃとはしゃいでいる。

（『西つー』って、『西宮つーしん』？）

西宮のさまざまな情報を発信しているWEBサイトだったはずだ。

もしかして、『幸福堂』の再オープンを記事にしてくださったのだろうか？

「でも、『完売』ってなってんのも多いなぁ。今日、再オープンやから？」

「そうかも。うち、甘いもん食べたい。白くまサンド、めっちゃ映えてない？　マジで
美味しそうなんやけど」

「わかる～。いちごサンドも、いちご大福サンドもよくない？」

『いちご大福サンド』は、完熟いちごと粒あん、ホイップクリームのサンドウィッチ。白くまサンドもいちごサンドもいちご大福サンドも、これでもかと入ったフルーツが甘くてジューシーなうえクリームもたっぷりで、女性に大人気のメニューだ。

「うちは、甘いもんの気分じゃないな～。昼食べてないのもあって、がっつりしたもの食べたいかも」

「マジで？　夕飯に響かない？」

「響いてもいいから食べたい。あ～カツサンドは売り切れかぁ。どうしよう？」

話しているのは、美琴以外の三人。店に入ってきてから、美琴は一言も発していない。

それが気になって見ていると、晶の視線を感じたのか、美琴がふと顔を上げる。

パチッと目が合って、晶は慌てて会釈をした。

「今朝はありがとうございました」

美琴がビクッと身を震わせ、「あ、いえ……」とおどおどしつつ首を横に振る。

「え？　何？　今朝って」

「え？　もしかして美琴、この店に来たことあったん？」

「そうなん？　じゃあ、なんでさっきそう言うてくれんかったん？」

晶と美琴のやりとりに女の子たちが顔を見合わせ、口々に言う。

それに美琴はあたふたと視線を彷徨わせると、小さな声でモゴモゴと答えた。

「え、えっと……お、親が……常連で……」

「そうなん？　じゃあ、よく食べてるんや」

「なぁなぁ、それならおすすめ教えてや。何が美味しい？」

「白くまサンドといちご大福サンドで迷ってるんやけど、どっちがええと思う？」

「え？　え？　え？　えっと……」

女の子たちに次々と問いかけられて、美琴はあわあわしながら俯いた。

「えっと……その……」

そしてそのまま黙り込んでしまう。

「え？　何？　なんで黙るの？」

「そんな難しいこと訊いてへんやろ？」

「……いや、えっと……それは……」

「ってか、美琴っていつもそうやんな？　黙ってヘラヘラ笑ってるだけ。何を訊いても
まともに答えてくれへんよな？」

「えっ……？　そ、そんなこと……」

美琴が弾かれたように顔を上げ、慌てて首を振る。

しかし、女の子たちはもう美琴を見ていなかった。

「あーわかる。美琴の『なんでもいいよ』ってめちゃくちゃ聞くわ。『合わすよ』も。いや、こっちは合わせてもらいたいわけちゃうねん。お前の意見を訊いてんねんから、それに答えろやって思わへん？」

「わかる！　こっちは相談がしたいねん。言葉のキャッチボールがしたいねんってな。せやのに、全然参加してくれへんって言うか……」

「そうそう。いつも決めるのは全部うちらで、美琴はついてくるだけ。マジでときどきイラつくわ」

「っ……ご、ごめん……！　あの……でも……」

「でも、何？　言いたいことがあるならはっきり言ってや」

「っ……い、言いたいこと……は……」

だが、そのあとの言葉が続かない。唇を噛み締め、再び下を向いてしまう。

「…………」

「……ないんか」

「黙ってるってことはそういうことちゃう？」

「せやな、もううちらなんかとは話したないんやろ」

「ち、違っ……」

消え入りそうな声で否定するも、やっぱりそのあとの言葉が出てこない。

「また黙る……。さすがにイラつくわ」

「つまり、うちらとは話したないってことやろ。確定」

「マジかー。うちら嫌われてたんや。そりゃ、空気読まれへんくてごめんなぁ？」

女の子たちが美琴をにらみつけ、まるで吐き棄てるように言う。

ひどく険悪なムードに、晶はおろおろと視線を彷徨わせた。

(ど、どうしよう？　止めたほうがいいのかな？)

でも、なんて言って止めればいいのだろう？

そもそも、まったく関係ない自分が首を突っ込んでいいものだろうか？

「……ち、違うの……ごめんなさい……」

蚊の鳴くような小さな声に、細かく震える肩――そんな彼女に、女の子たちはさらに不愉快そうに眉を寄せた。

「何？　その態度。やめてや、うちらが虐めてるみたいやん」

「そうやで。うちらを相手にしてへんのは美琴のほうやのに」

「もうええわ。店員さんに訊くから。すみません！」

女の子の一人が、晶を見て手を上げる。

「なんかがっつりしたもんで、おすすめありますか？」

「は、はい……」

何も言えなかった美琴の目に、しっかりとプレゼンをする自分はどう映るだろうか？　彼女を傷つけてしまいやしないだろうか？

美琴が心配だったものの、かといっておすすめをしないわけにもいかない。

晶はにっこり笑うと、中央の商品台の一角を手で示した。

「がっつりしたものと言えば一番はやっぱりカツサンドなんですけど、本日はあいにく完売してしまいましたので、『自家製ベーコンのカスクート』はいかがでしょう？」

『自家製ベーコンのカスクート』は、全粒粉のフィセルに分厚いベーコンのステーキを挟んだサンドウィッチだ。

こんがりと焼かれたベーコンの絵力に、女の子たちが目を丸くする。

「わ！　ベーコンめっちゃ厚っ……！」

「迫力～！　絶対美味しいに決まってるやん、こんなの！」

「自家製ってことは、手作りってこと？　ベーコンを？　パン屋で？」

「はい、一週間かけて作っております」

「マジで？　すごっ……！」

「一週間ってエグない？」

驚いた様子で、女の子たちが顔を見合わせる。

（わかるわかる。私もそう思ったもん）

食べてみるまでは、そこまでコストをかける価値があるのかと疑問視していた。

なぜなら、ＢＬＴサンドをはじめとして、ほかにもベーコンを使うサンドウィッチは数種類あるが、一週間かけて作る自家製ベーコンを使うのはこのカスクートだけなのだ。

この一品のためだけに一週間かけて作るなんて、あまりにも非効率だ。ＢＬＴサンドなどのベーコンは仕入れているのだから、これもそうすればいいのに。そう思っていた。

繰り返すが、食べてみるまでは。

「でも、具はベーコンだけ？　シンプル過ぎひん？」

「だからこそ、誤魔化しがきかないんです。パンとベーコンの美味しさがダイレクトに味わえますよ。噛むたびに肉汁がじゅわ～っと口の中に広がり、小麦の香ばしい旨味がそのあとを追いかけてきて……本当に美味しいです」

食べた瞬間、感動した。

父に『美味い！』と言わせてみせるという気持ちで作ったと言っていた。その諏訪の熱意が、透けて見えるようだった。

「パンとベーコンの美味しさを際立たせるために、調味料すらほとんど使っていません。粒マスタードをほんのちょっぴり塗っているだけなんですよ」

晶はさらに笑みを深めて、拳を握って力説した。

「シンプルだからこその、自信作です！」

それが伝わったのだろう。女の子たちがキラキラと目を輝かせる。

「う、わ……！　プレゼン上手～！　こんなん買うしかないやん！　これにします！」

「うちも買お～。今日の夜食。で、今は、白くまサンド」

「あ、そっか。あとから食べるって手もあるんか。やめてや。そんなん言うたらうちもほしなるやんか。お姉さん、うちもそれと、あといちご大福サンドちょうだい！」

「はい、ありがとうございます！」

それぞれ選んだサンドウィッチをビニール袋に入れ、一人ずつお会計する。

「…………」

その間、美琴はすっと床を見つめていた。――今朝と同じように。

女の子たちがきゃっきゃとはしゃぎながら帰って行っても、まだ。

「あ、あの……大丈夫？」

店内に一人残された美琴を見かねて声をかけると、彼女は床を見つめたままかすかに頷いた。

「……はい」

そしてのろのろと顔を上げ、小さく頭を下げる。

「あの……帰ります。すみませんでした……」

「えっ⁉　あ！　ま、待って！」

そのまま回れ右した彼女の腕を、とっさにつかんでしまう。

どうしてそんなことをしたのかはわからない。考える前に、身体が動いた――そんな感じだった。

「わ、私ね？　今から休憩なの！　つきあってくれない？　ええと、サンドウィッチを食べながら、ちょっと話したいって言うか……ど、どうかな？」

「え……？」

美琴が振り返り、眉を寄せる。

「なんで……？　私、つまらないですよ……？」

「で、でも、一人で食べるのも寂しいし……私を助けると思って。ね？　お願い！」

我ながら、もっと上手い誘い文句はなかったのかと思うけれど、もうこれで押し切るしかない。パンと両手を合わせてお願いすると、美琴が小さくため息をついた。

「……いいですけど……」

「やった！　ありがとう！」

心からホッとして、お礼を言う。

（とはいえ、まだノープランなんだけど……）

どうして呼び止めてしまったのかわからないぐらいなのだ。

（でも、なんだかそうしなくちゃいけないような気がしたんだよね……）

さて、これからどうしよう？

考えながら厨房へ行くと、諏訪が美琴を見てわずかに目を細めた。

「コーヒーは飲める？」

売り場でのやりとりはすべて聞こえていたのだろう。諏訪が穏やかに言う。

それともほかのものがいいか――とは訊かない。選択肢を与えると、おそらく彼女は黙ってしまうから。

「え……？　あ……み、ミルクと砂糖が入ってるなら……」

「そうか。じゃあ、美琴ちゃんの分はカフェオレにするね」

スツールに美琴を座らせ、一度売り場へ。いくつかのサンドウィッチを手に取ると、晶は二人のもとに戻った。

「一旦、お疲れさま」

「はい、諏訪さんも。あと少しですね」

折り畳みのスツールも出され、その前には晶の分のコーヒーが置かれている。隣にはあんバタサンドといちごサンド。

『あんバタサンド』は、その名のとおり、コッペパンにたっぷりのあんことカットしたバターを挟んだサンドウィッチ。あんこの甘みとバターの塩けがたまらない一品だ。

晶は売り場から持ってきたサンドウィッチを、美琴の前に置いた。

「え……？　私にも……？」

「うん、つきあってもらうんだし、よかったら食べて」

白くまサンド、いちごサンド、いちご大福サンドに自家製ベーコンのカスクート――そしてサーモンのエスカベッシュサンド。

「うちのサンドウィッチは、なんでも美味しいから」

何を選んでも大丈夫だと暗に伝えて――晶はスツールに座るなり、あんバタサンドに手に取った。

そして、逸る気持ちのままにかぶりつく。

「んん〜！　疲れた身体に沁みるっ！　そしてこれがまたコーヒーと合うんですよね！

幸せっ！」

「そっか。よかった」

喜色満面といった様子でニコニコしながらサンドウィッチを楽しむ晶を見て、美琴が目の前に置かれたそれらを見つめる。

そして少し考えたあと――サーモンのエスカベッシュサンドウィッチに手を伸ばした。

「…………」

気にしていない感じを装いながらも、諏訪と二人――そっと様子を見守っていると、美琴がゆっくりとパッケージを開いて、それを口にする。

「……美味しい……」

ポツリと零れたその言葉に、諏訪が満足げに目を細める。

晶もホッとして、微笑んだ。

「よかった。今朝、それを食べてもらえなかったのが気になってたの」

「え……？」

思いがけない言葉だったのか、美琴が晶を見てパチパチと目を瞬かせる。

「食べたかったでしょ？　サーモンのエスカベッシュサンド」

エスカベッシュとは、地中海風の味付けの南蛮漬けのことだ。カラッと揚げた魚を、オイルやビネガーで作ったさっぱりしたタレに漬け込んで作る。

『幸福堂』のサンドウィッチでは、魚自体は漬け込まない。サーモンの切り身を揚げ、あらかじめ漬け込んでおいた野菜とオリーブと一緒にパンに挟みこんでいる。

グレープフルーツの風味がきいていてさっぱりしているが、酸味自体はマイルドで、女性に人気の一品だ。

「……あ……。気づいて……らっしゃったんですか……？」

「うん、私も食べてもらいたかったから……よかった」

「……っ……」

晶の微笑みに美琴は顔を歪めると、マグカップを両手で包み込み、下を向いた。

「ご、ごめんなさい……。わ、私……自分の意見を言うのが怖いって……いうか……。な、何か言って……失敗したくないっていうか……」

「謝らなくていいよ。謝らなきゃいけないことなんて、何もしてないよ」

「っ……ごめんなさい。父も母も……ズケズケとものを言う人なのもあって……」

サラサラと零れた髪が、彼女の表情を隠す。

「わ、私……中学の途中まで、横浜に住んでたんです……。まだものごころつく前に、両親が離婚して……母は一人、実家の大阪に戻って……私はそのまま父と一緒に……」

「ああ、そうなんだ」

どうりで、関西訛りがないと思った。

「でも、父が亡くなって……母のもとに行くことになって……。母は再婚していて……その、今朝一緒にいたのが……新しくできた父と弟で……」

マグカップを持つ手に力がこもる。

「母と新しい父は……その……自分とは違うものを変とか駄目とか言うことが多くて、はっきり言わなくても、間接的に貶したり……。父にも、その傾向がなくはなかったんですけど……その……母と新しい父は、それがとくに顕著っていうか……」

「……今朝も『そんなもんが食べたいのか』みたいなこと言ってたね」

一瞬、カチンと来たから覚えている。

父の――『幸福堂』のサンドウィッチをそんなもんって！　って。

「そ、そうなんです。なんて言うか……そこは好みじゃないの？　って思うところを、平気で変だとか駄目だって言うんです……」

晶の言葉に、美琴が下を向いたままビクッと身をすくめる。

「私、アウトドアが苦手で、バーベキューもあまり好きじゃないと言ったら、『みんな好きなのに、変な子だ』とか。ほかにもたくさん……。とにかく、日常的に……。その、関東と関西では、いろいろ違うじゃないですか。そういうことも、変だとか駄目だって言われることが……多くて……」

「そうなんだ……」

「ちゅ、中学のときのクラスメイトも……か、関東からの転入生が珍しかったのか……私がみんなと違うことを言ったりすると、わ、嗤ったり、からかったりして……」

美琴の背中がどんどん小さくなり、声もまた消え入りそうになってゆく。

それだけで、彼女の自信のなさが窺い知れた。

『常識とは十八歳までに身につけた偏見のコレクションのことをいう』——。

ドイツの理論物理学者——かの有名なアルベルト・アインシュタインの言葉だ。

自分の思考や常識が〝正解〟なわけではない。〝スタンダード〟なわけでもない。

当然、自分のそれと違うものが〝間違い〟というわけじゃない。

だけど、人は自分と違うものを敬遠しがちだ。

それはある意味、自己防衛的な本能からくるものだったりもするのだけれど、しかし敬遠するだけでは収まらない人も、悲しいことにたくさんいる。

多様性を受け入れられない。

異質を排除しなければ気が済まない。

それは間違いなく自分自身の問題なのに、それに気づかず——違うことが悪いのだと言わんばかりに攻撃してしまう人が。

厄介なのは、得てしてそういう人は自分を正義だと信じていることだ。

「中学のときのクラスメイトはどう思っていたのかは……その……わかりませんが……家族に悪気がないことはわかってるんです。だけど、どうしても、否定されてるように感じてしまって……。じ、自分が、変で駄目な子のように……思えてしまって……」

美琴の声が不自然に揺らぐ。

その目から、ほろりと涙が零れた。

「じ、自分の意見を言うのが……どんどん……どんどん……怖くなってしまって……」

「……美琴ちゃん……」

「へ、変だって……駄目だって……思われたくなくて……」

美琴がマグカップを置き、震える手で顔を覆う。

「変で、駄目な子は……き、嫌われてしまうんじゃないかって……だ、だって、私だけ違うから……！　家族の中で、違うから……！」

そのまま、腰を折り曲げるようにして身を小さくし、嗚咽する。

「友達にも、嫌われたくなくて……！　こ、言葉も違う、常識も違う、それ以上違って、また嗤われたら……仲間外れにされたらって……！　で、でも、何も言わなくても……怒らせてしまって……！　わ、私、どうしたら……！　もう独りは嫌なのに……！」

「っ……美琴ちゃん……」

痛々しいほどの本音——まるで悲鳴のような叫びに、胸が痛む。

どう声をかけたものかと悩んでいると、諏訪が美琴に近づき、その前に膝をついた。

「……怖いね。わかるよ。俺も、みんなとは違うから」

そして——衝撃的な言葉を口にした。

「俺はね、自分がどこの誰かもわからないんだ」

「——ッ！」

驚愕が全身を貫く。

(今、なんて——!?)

晶が諏訪を見ると同時に、美琴も涙で汚れた顔を上げた。

「え……？　な、何……？　わ、わからないって……？　え……？」

「言葉どおりだよ。俺には、ここで働き出す以前の記憶がまったくないんだ」

戸惑う美琴をまっすぐ見上げて、まるで明日の天気でも語るかのように穏やかに言う。

どう反応していいやらわからないのだろう。美琴はおろおろと視線を彷徨わせた。

「そ、そんな……」

「信じられない？　でも、気がついたら西宮北口駅のベンチにぼんやり座っていたんだ。

いや、そのときは、自分がいる場所が西宮北口駅であることすら、わかってなかった。

ここはどこなんだろう？　なぜ自分はここにいるんだろう？　そもそも、自分のことも
わからない。名前も住所も何も。所持品は小銭が少しだけ。スマホや財布や――身元の
ヒントになりそうなものは、何も持ってなかった」

「…………」

「何一つわからないから何をどうすることもできなくて、ただぼんやりと座っていたら、
圭祐さんが――この前の店主が声をかけてくれたんだ」

思いがけない事実に、心臓がドクドクと早鐘を打ち出す。

「圭祐さんが病院に連れて行ってくれて、いろいろな検査をしたよ。でも、人の記憶に
かんすることは解明されていないことのほうが多いんだ。原因はわからなくてね……。

ただ、わかったこともあった。俺が失っているのは、エピソード記憶だけだってこと」

「エピソード……記憶？」

「自分にかんする記憶のことだよ。失っているのはそれだけで、それ以外は覚えてる。歩き方も、漢字の読み方も、計算の仕方も、世間一般常識レベルの法律も、家電製品の使い方も、車の運転の仕方もね」

「え……？　車の運転……？」

美琴がパチパチと目を瞬かせて、首を傾げる。

「でも、運転免許証は……？　身元のヒントになりそうなものはなかったって……」

「新たに取った。就籍っていう、新しい戸籍を作成する方法があるんだ。家庭裁判所に就籍許可の申し立てをして、それから何度も通って書記官と面談したり、病院での精密検査の結果を提出したり、たくさんの書類と格闘したりした。指紋も何度も取ったよ。それで――十ヵ月ぐらいかな？　就籍許可が下りて、市役所で戸籍を取得した。だから今は、『諏訪悠人』としての戸籍も、身元証明できるものも一応ある」

「そう……なんですね……」

「うん。自分のこと以外は、さまざまなことを覚えてる。それがわかったときは、また混乱したよ。今でも、何が違うんだろうってすごく思う。だって、それらの知識だって、生まれてから覚えたことのはずなのにね」

「あ……！　そ、そうですよね……？　な、なんで……」

「まぁ、簡単に言うと、記憶する場所が違うんだって。不思議だよね」

「…………」

「もちろん警察にも相談した。捜索願や犯歴者のデータベースとの照合もしてもらった。犯歴者のデータに一致する情報はなかったから、一応前科はないってことがわかって、それは少しホッとしたけどね。実は、大捜索系のテレビにも二度ほど出てる。だけど、自分が何者か、まだわかっていないんだ。——思い出せない」

その言葉に、ハッとする。

（そうか……。諏訪さんについての質問に、曖昧な答えしかくれなかったのは……）

詮索されるのを嫌がっていたわけでも、それが理由ではぐらかしていたわけでもない。

諏訪自身が、その答えを知らなかったのだ。

「俺の『諏訪悠人』という名前は、圭祐さんと人名辞典を見ながら、気になったものを組み合わせただけなんだ。だからおそらく、本当の名前じゃない」

そう言って、諏訪が小さく肩をすくめる。

「就籍で戸籍ができて、それによって運転免許証や健康保険証も取得できたけれど……そこに記載されている内容でたしかなものはほとんどないんだ。名前も、生年月日も、便宜上新たに定めたものばかりだから」

「……そんな……」

「でもそんな俺に、圭祐さんは居場所をくれた。ここにいていいよって。だから俺は、まだここでパン屋を続けてる」

諏訪はそこで言葉を切ると、まっすぐに美琴を見上げたまま目を細めた。

「普通とは違う——そんな俺は、変かな？　駄目かな？」

「っ……そんなわけ……！」

美琴が大きく息を呑み、激しく首を横に振る。

「そんなわけ、ない！　絶対にないです！」

「……ありがとう。そう思ってくれるなら、もう怯える必要はないよ」

きっぱりと力強く言い切った美琴に、諏訪は少しだけ嬉しそうに唇を綻ばせた。

「人と違うことは変なことじゃない。駄目なことじゃない。君ははっきりとそう言える、素敵な子だよ。自信をもって」

「っ……」

美琴が言葉を詰まらせ、顔を歪める。

涙は——止まっていた。

「さっき晶ちゃんが君の友達に薦めたサンドウィッチも、実は少し異質な存在なんだ」

「え……？　ええと、たしか……自家製ベーコンのカスクート……？」

「そう、具材のベーコンを作るだけで一週間かかる。コストが――手間がかかり過ぎるサンドウィッチ。あまりにも非効率で、あきらかに普通じゃない」

諏訪はそう言いながらコールドテーブルの上のカスクートを引き寄せ、それをポンと彼女の膝の上に置く。

美琴は興味を引かれた様子で、カスクートをまじまじと見つめた。

「晶ちゃんも、コストがかかり過ぎじゃないかと言った。でも、変だとは言わなかった。そして、味見をしたら目を輝かせてくれた。美味しいって。どれだけ手間がかかっても、これは作り続けるべきだって。……嬉しかったな」

諏訪がしみじみと噛み締めるように言う。

「あ……それであのプレゼン……」

「そう。いいプレゼンだったろう？　人と同じじゃなきゃいけないなんてことはない。むしろ、人と違うところが、その人の魅力に繋がることも多いんじゃないかな？」

「っ……それは……」

美琴が表情を曇らせ、俯く。

「そうかも……しれないけど……でも……」

そんな彼女に、どこまでも寄り添うように優しく、諏訪が言葉を続ける。

「……うん。わかるよ。そんなこと言われても、中学時代、実際にみんなと違うことで苦労をしているから、すぐには受け入れられないよね」

「はい……」

「だけどもう一度言うよ？　記憶をなくして自分を持たない——こんな得体の知れない人間の目をまっすぐ見つめて『変じゃない！』ってきっぱりと言える君は、誰がなんと言おうと素敵な子だよ」

「……っ……」

「人に嫌われたくない気持ちはわかる。でも、誰かの中に正解を求めるのは違うと思う。君の良さは、魅力は、誰がどう思うかとは関係ないんだから」

「え……？」

それは彼女にとって意外な言葉だったのか、美琴はポカンとした様子で首を傾げた。

「だ、誰がどう思うかとは……か、関係ない……？」

「そうだよ。誰かに評価されなかったからって、君の良さや魅力が消えてなくなるわけじゃない。それは完全に別だ」

視線を合わせたまま、諏訪がきっぱりと言う。美琴はさらに目を見開いた。

「誰かに評価してもらえたら嬉しいよね。わかるよ。だけど順番は、君の良さや魅力が先にあって、評価があとだ。わかるかな？」

「え……ええと……？」

「ほしい評価のために、自分を取り繕ったり、飾り立てたりするのは違うってこと」

そう言って、諏訪は「たとえば……」と人差し指を立てた。

「さっき、俺は君の持っている素敵なところを評価したよね？　それがあるべき姿だ。評価してもらいたいがために、俺に素敵だと思われようとするのは違うってことだ」

「……誰かに好かれようとするのは……間違ってるってことですか？」

美琴の声が震える。両親や友達の反応を気にしてばかりいることを責められていると思ったのだろうか？

諏訪はそんな彼女の腕を優しくポンポンと叩いて、首を横に振った。

「そうじゃない。好かれたいって気持ちは悪いものじゃないし、それで自分を磨くのはとてもいいことだよ。どんどんしていい」

「え……？　じゃあ……」

「でも、俺に評価してもらいたいがために、俺に素敵だと思われようとする――それは、俺基準の素敵な子になろうとしてるってことだ」

「……！　それは……」

「それが、誰かの中に正解を求めるってことだ。でもね、人の考えなんて人それぞれ、十人十色だ。俺が思う素敵な子と、晶ちゃんが考える素敵な子が、同じとはかぎらない。お母さんが、お父さんが、弟さんが、先生が、先輩が、友達が惹かれる〝素敵な子〟も絶対に違うよ」

「あ……！」

美琴がハッと息を呑む。その見開かれた瞳を覗き込むようにして、諏訪が頷く。

「もうわかったね？　だから誰かの中に正解を求めると、必ず行き詰まってしまうんだ。あくまでも、基準は自分の中に持っていなきゃいけない」

「……は、い……」

美琴がしゅんとして俯く。

そんな彼女を励ますように、諏訪がその腕を再び叩いた。

「でも、大丈夫。人の考えが千差万別だからこそ、誰かが気づけなかった君の素敵さに気づくほかの誰かが、必ずいるよ」

ポンポンと――あやすように、なだめるように。

それが呼び水となってか、美琴の目に涙があふれ、ほろほろと零れ出す。

「だから、違うことを恐れなくていい。自信をもって自分の意見を言えばいいんだよ。人と違うから『変だ』と、『駄目だ』と言われても、その考え方こそが貧しいことを、君はもう知ってる。そうだろう？」

「……は、い……」

「君も言ってたじゃないか。家族は悪気がないだけだって。きちんと話せば、ちゃんとわかってくれるよ。高畑さんは、誰がどう見ても君のことが大好きだよ」

「……はい……」

諏訪の言葉が、美琴の心に染み渡ってゆくのがわかる。

膝をついて、正面からまっすぐ美琴を見つめて、一言一言噛んで含めるように語る。どこまでも真摯に向き合う姿勢が、優しく誠実な言葉が、響かないわけがない。

(本当に、なんて素敵な人なんだろう……)

きっと――だからこそ父も、彼を放ってなどおけなかったのだろう。

諏訪の助けになりたいと、強く望んだのだろう――。

「友達もそうだ。彼女たちははっきりと君の意見が聞きたいって言ってたじゃないか。右に倣えをよしとしない子たちが、自分の意見を言ったからって君のことを嫌うと思うかい？　俺はそうは思わないよ。そこは信じてあげようよ」

「……はい……はい……」

さきほどの苦しい涙とはあきらかに違っていた。

心に重く圧しかかっていた悩みが溶けて、浄化されてゆく——解放の雫。

「君は、君の基準で、君が思う君の良さを、素敵なところを、磨いていけばいいんだ。大丈夫。自信をもって」

「っ……はい……」

諏訪が差し出した手を両手で握り締め、美琴が嗚咽する。

「す、諏訪さん……。ありがとう……ございます……！」

◇＊◇

週末——。開店と同時に、高畑一家が店にやってきた。

「おはようございます。いらっしゃいませ、お待ちしておりましたよ！」

満面の笑みでお出迎えすると、和代が嬉しそうに笑う。

「ま～！　今日もええ笑顔！　可愛いわ～！」

「え～？　本当ですか？　嬉しいなっ！」

「……ほんで、アンタは相変わらずやな」

和代があんバタサンドを並べている諏訪を見下ろして、ため息をつく。

「ほんまええ男やのに、もったいない……」とブツブツ言うのをサラリと聞き流して、

「いらっしゃいませ、高畑さん」と一礼して、そのまま厨房に戻ってゆく。

その後ろ姿を見送って、和代はさらに肩をすくめた。

「晶ちゃん、晶ちゃんにはもっとええ男がいてるんちゃう？」

「そんなことはないですよ」

笑顔できっぱりと言って、「今日はどうされますか？」と素早く話を切り替える。

もともと、ただの軽口のつもりだったのだろう。和代はとくに気にする様子もなく、
家族を振り返った。

「そうやねぇ、みんな何にすんの？」

「私、『自家製ベーコンのカスクート』と『サーモンのエスカベッシュサンド』！　あと、
おやつ用に『白くまサンド』も買って！」

和代の問いかけに間髪容れず一番乗りで答えたのは、なんと美琴。

きっと、そんなことははじめてだったのだろう。驚いたのは晶だけではない。和代も
旦那さんも弟さんも——全員がびっくりした様子で目を丸くする。

そんな家族を見回して、美琴は小首を傾げた。

「え？　おやつ用まで買うのは駄目？」

「いや、ええけど……」

和代が目をぱちくりさせながら、それをトレーに載せる。

「えらい決断が早いやんか。今日はどうしたん？　いつもめちゃくちゃ迷い倒して……それでも決められへんことも多いのに……」

「ちょっと心境の変化」

「ほんまにこれでええのね？　なんや横文字が多いメニューやけど……」

「サンドウィッチだって横文字だよ」

「まぁ、そうなんやけど……。ほな、決まり。ほれ、おとんは？　圭太は？」

「じゃあ、先週食べた新しいカツサンドと……」

「オレも姉ちゃんが選んだやつ食べてみたいかも……！」

三人の相談待ちをしていると、ふと美琴と目が合う。

『もう大丈夫？』と唇の動きだけで問いかけると、美琴が小さく頷き、にっこり笑って身体の陰でピースする。

キラキラ輝くようなその笑顔は、とびきりキュートだった。

Nishikita Kofukudo

四品目

麗しのキューカンバー

少し時間は戻って――水曜日。

「怒涛の三日間だったわね、晶ちゃん。お疲れさま」

「三日間……ですか？」

なんのことだろう？　思わず小首を傾げると、その発言をした本人もまた同じように首を傾げる。

「あら、だって、『幸福堂』は木曜休みじゃない。だから、明日はお休みでしょう？」

「あ……！」

そうか。そういえば、そうだった。

「もう！　諏訪さん！　ちゃんと晶ちゃんに説明してるの？」

晶がポンと手を叩くと、綾瀬《あやせ》が厨房を見て、「め！」と視線を鋭くする。

諏訪曰く、綾瀬ももう長いこと通ってくださっている常連さんとのこと。

年齢は五十代後半ということだが、諏訪からそれを聞いたときは信じられなかった。

三十代後半から四十代前半にしか見えない、驚異の美魔女だ。

京都・大阪・兵庫で美容サロンをいくつも経営している。苦楽園に居を構え、ずっと仕事一筋で生きてきたキャリアウーマンだそうだ。

厨房の奥で、諏訪がコクコクと何度も頷く。晶は慌てて両手を振った。

「せ、説明はしてくださってました。私に余裕がなくて忘れてただけで……」

「まぁ！　諏訪さん！　ちゃんと晶ちゃんのフォローはしてあげてるの？　晶ちゃんはパン屋のお仕事はじめてなんだから、あなたがしっかりサポートしなきゃ駄目なのよ？わかってるの？」

綾瀬がさらにキッと諏訪をにらみつける。

「い、いえ、していただいてます。していただいてますよ。綾瀬さん」

「あら、翠子《みどりこ》と呼んで」

そう言って晶へと視線を戻し、にっこりと笑う。

「それならいいのだけれど……。本当に大切にしてもらってる？　何かあったらすぐに私に相談するのよ？　晶ちゃんを苦しめるような不届き者は、すぐに社会的に抹殺してあげるから」

——言い切った。

「だ、大丈夫です。諏訪さんにかぎって、そんなことは絶対にありえませんから……」

ヒヤリとしたものを感じながら、素早く話題を変える。

「そ、それで綾……翠子さん、パーティーセットAを一つ、土曜日の朝九時のご予約でよろしかったですね？」

「え？　ええ、お願いするわね」

綾瀬が両手を合わせて、にっこりと笑う。

「私、このセットに入ってるキューカンバーが大好きなのよ～！　それが食べたくて、お客さまがいらっしゃるときは必ず『幸福堂』のパーティーセットをお願いするのよ。もうお決まりなの」

「え……？」

意外な言葉に、晶は目を見開いた。

それが楽しみで？

「キューカンバーって……きゅうりのサンドウィッチですよね？」

パーティーセットはサンドウィッチの盛り合わせのことだ。ＡからＤの四種類があり、受け取り希望日の二日前までに予約が必須となっている。

ちなみに、Ａはハムレタスサンド、玉子サラダサンド、スモークサーモンとクリームチーズサンド、そしてキューカンバーの、三人から四人前のセットだ。

「そうよ。あら、晶ちゃんはまだ食べてないの？　『幸福堂』のキューカンバー」

「はい、まずは通常メニューの味を覚えないといけませんでしたから」

キューカンバーは通常メニューにはない。パーティーセットのみに入っているもの。

こちらに引っ越してきてから二週間強――急ピッチで近隣のさまざまなお店を巡って
サンドウィッチの勉強しながら、『幸福堂』の味をも覚えなくてはならなかったため、
現在のレギュラーメニューだけで精一杯だったのだ。
「そうなの？　美味しいのよ～！　『幸福堂』のキューカンバー！」
綾瀬が両手で頬を包み込み、さらに笑みを深める。
「もう大好きなの！　ほら、キューカンバーはティーサンドウィッチの定番でしょう？
昔から、食べる機会は多かったの。おつきあいを含めてね」
ティーサンドウィッチとは、紅茶と一緒にいただく――アフタヌーンティーで楽しむ
サンドウィッチのこと。
アフタヌーンティーは一八四〇年ごろにイギリスではじまった、ヴィクトリア時代の
上流階級の女性たちの社交の場として広まった習慣だ。
美しく煌びやかなドレスを纏った女性たちが優雅にいただける上品なサイズがよしと
されていたため、フィンガーサンドウィッチとも呼ぶ。
「仕事で行ったホテルのティーラウンジでも、サロンのお得意さまのお宅に招かれての
ティーパーティーでも、キューカンバーは必ずと言ってもいいほどあったわ。それこそ、
私が家にお客さまをお招きするときも、絶対に用意していたわね」

「そ、そうなんですね……」

なんともセレブリティな話だった。それだけに、あまりピンとこない。

晶は知り合いのティーパーティーに招かれたことも、反対に我が家で主催したこともないからだ。

「本当にさまざまなお店のケータリングを試したわ。高級ホテルで作ってもらったり、有名シェフに家まで来て作っていただいたりもしたわ。どれもすごく美味しかったわ。だけど、私には『幸福堂』のキューカンバーが一番！」

「それは……ありがとうございます」

「本当よ？　しかも、『幸福堂』のキューカンバーに魅せられたのは私だけじゃないの。はじめて食べたお客さまは、だいたい驚かれるわ。『こんな美味しいキューカンバーを食べたのははじめてよ』って、いったい何度聞いたか」

そう言って、綾瀬がパチンとウインクする。

「それが食べたくて、私とのお茶会を楽しみにしてくださっているお客さまもたくさんいらっしゃるのよ。ちなみに、土曜日にお招きしているお客さまもそう。『幸福堂』のキューカンバーの大ファンなの」

それはありがたい話だが——やっぱりピンとこない。

「ええと……どこのキューカンバーも、基本的に具はきゅうりだけなんですよね？」

「ええ。サワークリームやクリームチーズを使うお店もあるけれど、基本はきゅうりと調味料だけよ」

「それで、お店ごとにそんなに差が出るものなんですか？」

シンプルなほうが、技術やセンスがダイレクトに現れるものだ。それはわかっている。だが、それにしたってあまりにもシンプル過ぎるのではないだろうか？　きゅうりと調味料だけで、どうやって個性を出すというのか。

「晶ちゃんの言うとおり、それほど特色が出るものではないわ。それこそ『幸福堂』のキューカンバーに出逢うまでは、どこのものもさほど変わらないと思ってたぐらい」

「え……？　でも、さまざまなお店を試してらしたんですよね？」

どこでもさほど変わらないと思っていたなら、試す必要なんてなかったのでは？

晶が首を傾げると、綾瀬が「ふふふ」と笑う。

「変わらないからこそなのよ。美味しいと評判のあの店で購入してみたとか、ホテルで特別に作ってもらったとか、有名シェフに来ていただいたとか、そういうことが話題にできるから」

「あ……！」

「逆に、キューカンバーもそれ以外のサンドウィッチも、当たりはずれなんてそんなにないものだって思っていたから、はじめてのお店でもどんどん試すことができたのよ。普通、大切なお客さまをお招きするとなったら、絶対に間違いのないところのお料理をお願いするものでしょ？」

「なるほど、そうですね……」

思いもしない言葉だった。だが考えてみればたしかに、大事なお客さまをお招きする場での料理を、まったく知らないお店に任せるのはリスクだろう。

ティーパーティーの経験はないけれど、晶とて前職で取引先を訪問する際の手土産は、きちんと自分自身で厳選したものを使っていた。

仕事に直接関係ないとはいえ、手土産一つにもセンスは現れるもの。ましてや自分はデザインに携わる者。そのセンスに疑問符をつけられるわけにはいかなかったからだ。

お中元やお歳暮も同じ。ちゃんと自分自身で試して間違いのないものを贈っている。

「あ！　気を悪くしないでね？　それは以前の話よ。もちろん、そんな浅はかな考えは、このお店に出逢って見事に打ち砕かれたわ。それからは必ず、ティーサンドウィッチは『幸福堂』にお願いすることにしているの」

「え？　あ、はい。大丈夫ですよ。気を悪くなんてしていません」

晶は首を横に振って、にっこりと笑った。

「むしろ、とてもいいお話を聞かせていただきました。本当にありがとうございます。キューカンバー、ものすごく食べてみたくなりました」

綾瀬の意識をガラリと一八〇度変えた味を、自分も。

「そう？　よかったわ。きっと気に入るわよ」

綾瀬がホッと胸を撫で下ろし、「じゃあ、今回もお願いね」とヒラヒラと手を振る。

晶はさらに笑みを深めて、深々と頭を下げた。

「はい、かしこまりました。いつもありがとうございます！」

◇＊◇

『BILLY'S CUP COFFEE&ROASTER』は、阪急苦楽園口駅前にあるコーヒー専門店だ。

お店に入ってすぐの一番目立つ場所にスタイリッシュな自動焙煎機が設置されていて、コーヒーの芳しい香りが客席を包み込んでいる。

店内は広く、外の景色を楽しめるカウンター席に、ゆったりしたシングルソファーのテーブル席がある。インテリアはスタイリッシュでモダン、ゆっくりくつろげるように空間使いは広々としているうえキッズスペースまで用意されていて、サラリーマンからお子様連れの奥さま、ファミリーまで、幅広い年齢層に人気のお店だ。

そして、サンドウィッチが美味しい。

木曜日——休みを利用して、晶は諏訪とともにランチに来ていた。

サンドウィッチの勉強のためもあるが、一番は『幸福堂』の再オープン初日に諏訪が告白したことについて話すため。

美琴が帰ったあと、諏訪はあらためてきちんと話をしようとしてくれたのだが、逆に晶のほうが疲労困憊で余裕がなく、今日まで待ってもらっていたのだった。

まずは、散々迷ったうえで『スモークサーモンサンドウィッチ』と『照り焼きチキンサンドウィッチ』を注文。そして、運ばれてきた萌え断も美しいボリューミーなそれを半分ずつ交換して、しっかりと堪能した。

スモークサーモンサンドウィッチは、レタス・オニオン・トマトの——シャキシャキ食感も楽しい新鮮野菜とスモークサーモンを繋げるふんわりわさびが香るマヨネーズがなんともいい仕事をしていて、照り焼きチキンサンドウィッチはジューシーなチキンと新鮮野菜、濃厚照り焼きダレと自家製のアボカドマヨネーズのハーモニーがたまらず、文句なしの絶品だった。

時間をかけて何度も通い、ほかのサンドウィッチも、オープンサンドも、トーストも、絶対に全部食べるんだと心に誓うほど。

そして、薫り高いカフェオレで一息ついていたところで——本題。

「あらためて、黙っていて悪かった」

諏訪がガバッと頭を下げる。

晶は「いえ……」と首を横に振って、姿勢を正した。

「君を騙そうと思ったわけじゃない。ただ……」

諏訪がゆっくりと顔を上げ、ひどくバツが悪そうに視線を揺らす。

「ごめん……。言い出せなかったんだ……。俺が身元不明の不審者だってわかったら、その……『幸福堂』を続けさせてもらえないんじゃないかと思って……」

たしかに、最初から知っていたら一緒に『幸福堂』をやろうと思っただろうか？

ましてや、同居するなんて——きっとそんな決断はしなかったに違いない。

だからこそ、諏訪を責める気にはなれない。

むしろ、これでよかったとすら思う。

（だって、諏訪さんは不審者なんかじゃないもの……！）

記憶を失っているイコール不審者だなんて、そんなふうに言ってほしくない。

(だけどきっと最初に聞かされていたら、私もそう思ってた……)

記憶を失ってしまったのは、不幸な事故だ。それ以上でも以下でもない。もちろん、その事実と諏訪自身の性根とはまったく関係ない。

それでも――その〝違い〟を受け入れられたかどうかわからない。

それを変だと眉をひそめ、不審を抱いて、駄目だと断じてしまったかもしれない。

だからこそ、本当に今でよかったと思う。

「だけど、それは俺の都合だ。晶ちゃんの気持ちを一切考えていない……」

だがそんな晶の気持ちとは裏腹に、諏訪はひどく申し訳なさそうに顔を歪めて、額に手を当てた。

「騙すつもりはなかったと言いながら、結局騙したことには変わりがない。――本当に申し訳なかった」

そのままぐしゃりと、前髪をかき混ぜる。

その仕草一つからも、諏訪の後悔や苦しみが透けて見えるようで、ひどく胸が痛む。

「反省しているよ。今さら反省なんてしてもらったところでって思うかもしれないけど、俺にできることならなんでもするよ。同居にかんしても……」

「でも、泣いている美琴ちゃんを放っておけなかったんですよね?」

拳にさらなる力を込めて、晶は諏訪の言葉を遮った。

諏訪が何を言おうとしたのか、わかるような気がしたから。

それは聞きたくなかった。

「だから——話した。その気になれば、ずっと隠しておくことだってできたのに」

諏訪が一瞬言葉を詰まらせ——けれどすぐに息をついて、素直に頷く。

「もちろん、できたよ。できたけど……。でも、それはしていいことじゃないだろう？　人として……」

「でも、隠しておいたほうが『幸福堂』を続けるのには都合がいいですよね？」

「だから、それは俺の勝手な都合だよ……」

苦虫を噛み潰したような顔をして、さらに息をつく。

よほどバツが悪いのだろう。表情筋が久々に仕事をしている。

ふと——笑みが零れた。

（ああ……諏訪さんだなぁ……）

自己弁護のため、あるいは心証をよくするために耳障りのいい綺麗ごとを並べているわけじゃない。心の底からそう思っているのがわかる。だからこそ——怒ることなんて何もないように思う。

「自分のことより、美琴ちゃんのことを優先したってことでしょう？　私、諏訪さんのそういうところ、好きですよ」

諏訪が息を呑み、目を見開いて晶を見つめる。

しかしすぐに、「いや、それは……」と首を横に振った。

「これはそんな美談にしていい話じゃないと思う……。好意的に受け取ってくれるのは嬉しいけど、でも……」

「そうですか？　私は、それがすべてのような気がします」

傷ついている誰かのために言葉を――そして心を尽くせる。自分に不利になろうとも、真摯に、誠実に。

大切なのは、それだ。それ以外にない。

ともに暮らして、『幸福堂』を続けてゆくうえで、その人柄以上に重要なことなんてあるはずがない。

「むしろ私は、このタイミングで聞けてよかったと思ってます。諏訪さんの言うとおり、最初に聞いていたら、一緒に『幸福堂』をやろうと思わなかったかもしれません……」

記憶を失ってしまっているから、自分と違うからと――不審だと、信用できないと、そんな愚かな判断をしてしまっていたかもしれない。

（それが原因で、『幸福堂』を……なくしてしまっていたかもしれない……！）

諏訪と一緒でなければ、『幸福堂』を続けることなどできないから。

違いを受け入れられず、諏訪を拒否していたら、『幸福堂』は閉めざるを得なかった。

ド素人の晶一人では、それ以外の選択肢など存在し得なかった。

それを思うと、ゾッとする。

「だから、『むしろ、最初に言わないでいてくれてありがとう』って言いたいです」

大切なものは何かをしっかりと見極める時間をくれて、ありがとう。

そのおかげで、間違った選択をしなくて済んだ。

そう言って微笑むと――諏訪がテーブルに肘をついてうなじあたりをさすりながら、ほとほと困り果てた様子で息をつく。

「……甘やかしたら駄目だよ……」

「え？　甘やかしてなんかないですけど？」

そんなつもりは微塵もない。

怒ったり責めたりする必要をまったく感じないから、そうしていないだけだ。

そう言うと、諏訪はそれでも「いや、でも……」などとモゴモゴ言う
なぜ、怒ったり責めたりしてもらえないことに困っているのだろう？

なんだかおかしくなってしまって、晶はふふっと笑った。

「それより、大の男の人が困る姿って可愛いですよね」

「……何を言ってるんだよ……」

諏訪がさらに首を振り、下を向いてため息をつく。

「優し過ぎるのも考えものだよ……？」

「私のこと優しいなんて言うのは、諏訪さんだけですよ」

晶が元カレになんと言われたか、覚えていないのだろうか？

晶はカフェオレを飲んで一息つくと、あらためて諏訪を見つめた。

「こんな質問をしてもいいのかわかりませんが、記憶が戻る可能性はないんですか？」

その言葉に諏訪は顔を上げると、小さく肩をすくめて背もたれに身体を預けた。

「それはあるそうだよ。でも同時に、再び記憶を失う危険性も否定できないそうだ」

「……！　それって……」

瞬間、ドッと心臓が嫌な音を立てて縮み上がる。

再び、記憶を失う？

それは、『幸福堂』で過ごした五年間も忘れてしまうということ――？

「そんな……！」

「いや、別に深刻に考えることじゃないよ。すべて可能性の話なんだ。そもそも記憶を失った原因がわかってないからね。当然、治療法だってわからない。今後のことなんてもっとわからない。だから、何が起こっても不思議じゃないってだけだ」

「そう……なんですか……？」

少しだけホッとするも、まだ心臓はバクバクいっている。

怖い――。本当にそんなことが起きたらどうしよう？

「い、今も、病院には行かれているんですか？」

「一応、半年に一度ぐらいのペースでは」

頷くも、諏訪は『お手上げ』とばかりに軽く両手を広げた。

「でも、何も変わってないから、『お変わりないですか？』『ありません』ぐらいだよ。ずっと進捗なし。記憶障害以外は呆れるぐらいの健康優良児なんだよね、俺」

「そう……なんですね……」

本当に詳しいことは何もわからないのだと、怖くなる。

これだけ医学が進歩していても解明できず、何も打つ手がないなんて。

(何も、できることがないのが……悔しい……)

晶は膝の上で両手を握り合わせて、身を乗り出した。

「あの、もう少し訊いてもいいですか？」

「もちろん、いくらでも」

「半年に一度の病院通い以外で、記憶のために何かされていることはあるんですか？」

「一応、スマホで記録をつけてる。訪れた場所や、観たもの、聞いたもの、食べたもの、購入したもの、その日あったこと、会った人、話したこと、感じたこと……いろいろね。続けていかなきゃ意味がないから、負担にならない程度に、写真やメモで簡単にね」

そういえば、諏訪がスマホを弄っている姿はよく見る。

勉強で飲食店を訪れた際も、店の外観や注文した商品などを必ず写真に収めていた。

「まぁ、そのスマホを失くしちゃったら意味がないんだけどね。次に保護されるときはスマホを失くしていないといいんだけど」

「……冗談でも言わないでくださいよ。次のことなんて」

ムッとしてにらみつけると、諏訪が慌てた様子で姿勢を正して「ゴメン……」と言う。

「もちろん俺自身、次があるなんて考えたくもないよ。圭祐さんのことも、晶ちゃんのことも忘れたくない」

その言葉に、さっきとは別の意味で心臓が跳ねる。

「そ、そうですよ。私も、忘れてもらっちゃ困ります」

「ただ、その危険性が否定できない以上、何もせずぼうっと過ごすわけにもいかなくて、いつでも身に着けている可能性が一番高いものに、その……記録をね……？」

「それはわかります。でも、そのあとの言葉は完全にいりませんでしたよ」

「……本当にゴメン……」

晶は熱くなってしまった頬をさすりながら少し考え、質問を続けた。

「五年間暮らした部屋がひどく簡素で、『自分の個性なんてこんなもんだ』的なことを仰っていたのは……」

「世情関係でも覚えていることは結構あるんだけど、それに対して自分が何を思ったか、どういう行動をしたかといった自分にかんすることは、やっぱりまるで覚えてないんだ。つまり、今の俺には趣味嗜好と呼べるものがない。だから、あんな部屋だったんだよ。必要最低限のもの以外、手に入れたいという欲求を持つことがないから」

「あ……！」

思いがけない言葉に、思わず目を見開く。

しかし、考えてみれば当たり前のことだった。

あれが好き、これが好み――その情報が丸ごとなければ、心は反応しない。

心惹かれることがなければ、それがほしいなどという欲求を持つはずもないのだ。

「ただ味にかんしてだけは、『幸福堂』で働くうえでどうでもいいってわけにはいかなかったから、積極的に勉強して好き嫌いを判断できるようになったけどね」

「ああ、そういえば……」

たしかに味の好みについてはいろいろ聞いている。コーヒーに入れるのはミルクのみ。酒は嗜まない。辛いものが得意ではない。目玉焼きはターンオーバーが好き。プリンは硬いほうが好き。

「あ、じゃあ、もしかして、味以外のことも丁寧に調べていけば、好みをつかむことができるかもしれないんですか?」

「まぁ、そうだね。それが記憶を失う以前の好みと一致しているかはわからないけど、少なくとも今はこれが好きって判断はできるようになると思う。味でできたわけだし」

「そうなんですね」

晶は頷いて――さらにしばらく逡巡すると、「じゃあ、最後にもう一つだけ訊かせてください」と言葉を続けた。

これは問うべきではないことかもしれない。

当然だろうと怒られてしまうかもしれない。そんなこと、尋ねるまでもないだろうと。

でも――なぜだろう? どうしても訊いておきたかった。

「どうぞ」と頷いた諏訪をまっすぐ見つめて、晶はそれを口にした。

「記憶を——取り戻したいですか？」

「っ……！」

思いがけない言葉だったのだろうか？　瞬間、諏訪が身を震わせて目を見開く。

啞然とした様子で晶を見つめて——何か言おうとしたものの、しかし言葉にならず、諏訪は口を噤んで下を向いた。

そのまま——沈黙。

そして、晶が尋ねたことを後悔しはじめたころになってようやく、諏訪は顔を上げてゆっくりとその口を開いた。

「……そうだね。たしかに、自分が何者かもわからない不安からは解放されたいかな」

一度大きく頷いたものの、しかしすぐに苦しげに眉を寄せる。

「でも、同時に怖くもある。どこかで聞いたことあるんじゃないかな？　記憶が戻ると同時に、今度は記憶を失っていた間のことを忘れてしまったって話」

再び、ひどく耳につく嫌な音とともに、心臓が縮み上がる。

晶は大きく目を見開き、まじまじと諏訪を見つめた。

「え……？」

「いったいどういうメカニズムなんだって思うだろう？　でも、実はそこそこの確率で起こることらしいんだ。だから——すごく怖い」

諏訪がテーブルに肘をつき、両手を握り合わせる。

「思い出したいけれど……そこは複雑だ。この五年間の思い出は絶対に失いたくない。思い出したら、自分がとんでもない人間であることを知ってしまうこともあるわけで、思い出したあとに、思い出さないほうがよかったと思う可能性だって十二分にある」

「っ……諏訪さん……」

人の心に染みる美味しいパンを生み出すその大きな手は、はっきりと震えていた。

「記憶を取り戻したい。だけど、さまざまなリスクを考えると——怖くて仕方がない。このままでもいいんじゃないかって思うこともあるよ」

「…………」

「でもやっぱり、自分のことが何もわからないのはすごく不安だ。わからないからこそ、俺は一番自分が信用できない。それは、本当に生きづらい……」

「……諏訪さん……」

諏訪の瞳が暗く沈んで——胸が苦しいほど締めつけられる。

晶は思わず唇を噛み締めた。

助けになりたいと、心から思う。
支えになりたい。少しでも生きやすくなるように。
(でも、私にできることなんて……何もない……)
それが——ひどくもどかしい。
(せめて、本当の婚約者だったらよかったのに……)
そうしたら、彼の苦悩を少しでも取り除いてあげられたかもしれないのに。
それが無理でも、抱き締めてあげることはできたのに。
独りじゃないよと、傍にいるよと、強く——。
(お父さんも……こんな思いをしたのかな……)
こんな無力感を噛み締めたりしたのだろうか?
同じ職場で働く同居人——その関係でできることは、あまりにも少ない。
晶は膝の上で握り合わせた手に力を込めて、まっすぐに諏訪を見つめた。
「——私は、諏訪さんを信頼しています」
「え……?」
突然の言葉に諏訪が晶を見——パチパチと目を瞬く。
そんな彼の顔を覗き込むようにして、晶はさらに言葉を続けた。

「諏訪さんと過ごす穏やかな時間が好きです」
諏訪が語ってくれる父との思い出話をBGMにドライブをするのも。
諏訪の講義を聞きながら、さまざまなお店のサンドウィッチを食べ歩くのも。
たわいない話をしながら一緒に食事の準備をするのも。
あれやこれやと相談をしながら一緒に買い出しに行くのも。
そのすべてが、かけがえのない大切な時間だ。
いや——彼と過ごす時間だけではない。
一日の終わりに、必ず目を合わせて、「おやすみ」と言ってくれる声が。
一日のはじまりに、「おはよう」とポンポンと頭を叩いてくれる大きな手が。
パンに——サンドウィッチ作りに真剣に向き合っているその背中が。
お客さまの幸せな笑顔をひどく愛おしそうに見つめるその眼差しが。
そのすべてが——好きだ。
ああ、それを伝えることができたら、どんなによかっただろう。
(でも……私たちはそんな関係じゃないから……)
設定上の婚約者でしかないから。
諏訪を困らせてはいけない。これ以上の負担をかけるわけにもいかない。

だから――言えない。

代わりに、ほかの言葉を尽くす。

それが、彼の心の支えとなるように。

少しでも、彼が抱える生きづらさが和らぐように。

「それは、私だけじゃありません。『幸福堂』のお客さまの中には誰一人、諏訪さんを不審者などと言う人はいません」

「それは……俺の事情を知らない人も多いから……」

「いいえ、違います。知っていたとしても、誰も言いませんよ。保証します」

晶はきっぱりと言って、諏訪の手に自分のそれを重ねた。

「っ……」

「もう少し自覚してください。自分が、どれだけに人に愛されているか……」

「俺が……？　いや、でも……」

「美琴ちゃん、週末にはまた家族で来てくれますよ。そのときには必ず、とびっきりの笑顔を見せてくれるはずです。そうしたら、信じてくれますか？」

諏訪が尽くした言葉を――その思いを受け取って、笑顔を取り戻した彼女を見たら。

晶の言葉に、諏訪が戸惑い気味に視線を揺らす。

「自覚してください。諏訪さんのパンは、人を幸せにします」

「でも、『幸福堂』のレシピは、ほとんど圭祐さんが考えたもので……」

「関係ありませんよ。レシピをなぞれば、誰にでも人の心を打つことができるとでも？　馬鹿言っちゃいけませんよ。そんなはずないじゃないですか」

「それは……」

諏訪の手を握り締め、晶はにっこり笑顔で力強く言った。

「『幸福堂』には、諏訪さんが絶対に必要です。だからどこにも行かないでください」

どうか、傍にいてください――。

◇＊◇

二週間ほど経った――十月最終週の土曜日。雲一つない青空の下、涼しくなった風が街路樹のトウカエデの綺麗に色づいた葉を揺らす。

こんな日が続けばいいのにと思うほど、天気も気温も何もかも穏やかな午後だった。

「もうすぐ十五時か……」

時計を確認して、店内をぐるりと見回す。

十四時前にお客さまが落ち着いたタイミングで、商品の並べ直しや気になった場所の掃除、各所の消毒、備品の補充など、あらかたのことはやってしまって、仕事がない。

厨房でも、ひととおりの作業を終えた諏訪が、明日のパン生地の仕込みをする前にと掃除と消毒を行っている。ひとまず、晶がやることはない。

（さて、どうしよう？　何をしよう？）

仕事を探してさらに視線を巡らせた——そのとき。軽やかなドアベルの音とともに、扉が開いた。

「いらっしゃいま——」

間髪容れず、笑顔で元気よく挨拶をするも——しかしそれは途中で凍りついた。

「あ、晶さん。お客さんなんやけど」

美琴とその友人たちが入ってくる。再オープン初日に来てくれた子たちだ。

美琴を店に置いて行った彼女たちだが、あのあとすぐに仲直りできたらしい。以来、四人でよく来てくれていた。三人をあやみちゃん、梨都《りつ》ちゃん、絵里奈《えりな》ちゃんと名前で呼ぶぐらいには仲良くなっている。

絵里奈が笑顔で、後ろに立つ男を手で示す。

（……う、そ……。どうして……）

黒のスキニーパンツに白のパーカー、秋らしいキャメルのシャツチェスターコート姿。長身というほどではないが、細身でスタイルはいい。着るものにこだわりを持っていて、かなりおしゃれ。間違いなくイケメンの部類に入るだろう。

晶だけは、口が裂けても彼をイケメンと評したりはしないが。

「案内してくれて、ありがとうね」

「いえ、全然」

男が穏やかにお礼を言うと、絵里奈はパッと頬を赤らめて首を振る。

「……っ……」

全身の血の気が引いてゆく。晶は言葉を失ったまま、一歩後ろに下がった。

相変わらず、キツい目をしている——。

「晶さん……？」

晶の様子がおかしいことに気づいたのだろう。美琴が首を傾げる。

「どうかしたの？」

それには答えず——いや、答えられず、晶はさらに後ろに下がった。

「ど、どうして……ここにいるの……？」

「どうしてって、恋人が突然消えたんだ。捜さないほうがおかしいだろ？」

男が何を言ってるんだとばかりに眉を寄せ、ため息交じりに言う。

「え……？」

その言葉に、美琴たちは目を丸くし、顔を見合わせた。

「え……？　今、恋人って……」

「嘘やろ？　晶さんの恋人……？」

「で、でも、晶さんって……諏訪さんの……」

ひどく戸惑った様子で、厨房に立つ諏訪へと視線を向ける。

「そうだよ、晶の恋人。篠原修人《しのはらしゅうと》って言うんだけど」

美琴たちの疑問に答えるように、修人が言う。

しかしその視線は、はっきりと諏訪に向けられていた。

「…………」

向けられたあからさまな敵意に、諏訪が眉をひそめる。

修人はそのまま諏訪をにらみつけたあと、晶へと視線を戻した。

「驚いたよ。お前、俺という恋人がいながら新しい男と……」

「っ……やめてよ！　お客さまの前で何を言うの！」

慌てて、その言葉を遮る。

「場所を考えてよ！」

「は？　事実だろ？」

「どこが！」

大嘘ではないか。

「とにかく、ここで話すことじゃ……」

「逃げるなんて卑怯な真似したのはお前だろ？　それなのに、なんで俺がお前の都合を考慮しなきゃいけねーんだよ？」

「はぁ？」とばかりに、修人が眉を寄せる。

「聞かれて恥ずかしいと思うなら、最初からそんな真似してんじゃねーよ」

「ッ……！」

どの口が言っているのか。一瞬にして、頭に血が上る。

「恥ずべき真似をしたのはアンタのほうでしょう！　浮気を謝るどころか逆ギレして、傷つけた相手に責任転嫁するような男がいつまで恋人ヅラしてるのよ！　図々しい！」

叫んでしまって——しまったと思う。

カッとなると抑えがきかないのは、悪いクセだ。

しかし、修人は晶の怒りなどどこ吹く風だ。腕を組んで、晶をにらみつける。

「たしかに俺の浮気が原因でケンカはしたけど、別れ話をした覚えはまったくねーな」

「っ……それは……」

「別れてないんだから、恋人ヅラするのは当然だろ？　何が悪いんだよ？」

唇を噛む。

たしかに理屈は間違っていない。きちんと別れ話をしなかったのは晶のミスだろう。

しかし、浮気をしたうえであれだけの修羅場を演じておいてまだ恋人を名乗るとか、厚かましいどころの話ではない。恥知らずにもほどがある。

「恋人がいながらほかの女とよろしくやるのが罪だって言うなら、きちんと別れる前にほかの男に走るのはどうなんだよ？」

晶が黙った瞬間、修人が畳みかけるように言う。晶は奥歯を噛み締め、下を向いた。

「お願い、やめて。お客さまの前だから」

「……ふーん」

晶が『お願い』したことで気をよくしたのか、要求を受け入れる気になったらしい。

修人は晶の腕をつかむと、厨房の諏訪に視線を向け、まるで挑発するように笑った。

「すみませーん、お兄さん。ちょっとコイツ、返してもらっていいですか？」

「っ……」

かぁっと顔が熱くなる。修人の言動一つ一つが——恥ずかしくてたまらない。

「す、諏訪さん……あの……」

厨房を見るも、諏訪と視線を合わせることができない。

諏訪が今、どんな顔をしているのか——知るのが怖い。

晶はギュッと目を閉じると、厨房に向かって頭を下げた。

「きゅ、休憩を……いただいてもいいですか……？」

「——ああ」

静かな声に——端的な答えに、胸が痛む。

「っ……来て……！」

晶は奥歯を噛み締めてきびすを返すと、修人の手を引っ張って店を出た。

そのまま、歩いて三分ほどのところにある公園に行く。

子供たちの姿がなくてホッとしながら、晶は修人に向き直った。

「今さら、なんなの……？　浮気したくせに……」

「浮気は浮気だろ？　本気じゃない。ちょっと魔が差しただけじゃねーか」

「っ……ぬけぬけと……！」

どす黒い感情が胸を突き上げる。

どうしてこうも平然とした顔をしていられるのか——信じられない。

「浮気したことは悪いと思ってるよ。それは認めただろ？」

「自慢げに言わないでよ。認めたから、なんなの⁉　だから許せって⁉」

「そうは言ってない。許すも許さないも、別れるも別れないもまずは話し合いだろ？」

やれやれと言わんばかりの仕草で、修人が肩をすくめる。

「それをせず逃げたうえに、すぐさま別の男を作って同棲とか、お前だって大概だぜ？

俺ばっかり責められるのかよ？」

「っ……それは……」

もちろん、責めることはできる。浮気をしたのは修人だけだ。晶は一切していない。

百歩譲ってきちんと別れ話をしなかったことが問題だったとしても、そもそも諏訪とは
そういう関係ではないからだ。

だが、それを説明してやるつもりは毛頭なかった。修人とはそこそこ長いつきあいだ。

どうせ信じやしないことぐらいわかっている。

奥歯を嚙み締めたまま黙っていると、修人がさらにため息をついた。

「たった一度の過ちすら許せず、それどころか話し合いの余地すら認められないって？

本当に……お前って寛容さがないよな」

あの日、ぶつけられた言葉が脳裏に響く。

「お前がもっと優しくて、思いやりがあって、可愛げのある性格だったら、ほかの子に癒やしを求めることもなかったさ！」

すさまじい怒りに、身体がぶるぶると震える。

なんでこんな男が好きだったんだろう？

「だったら、優しくて、思いやりがあって、可愛げがある、アンタを癒してくれる子でいいじゃない……！」

吐き棄てるように言うと、修人が「あぁ？」と眉を寄せた。

「なんだよ？　あの言葉に拗ねてんのかよ？」

「っ……違う！　私が寛容じゃないのも、可愛げがないのも、百も承知だよ！」

自分たちを置いて去っていった父の冷たい背中を、久しぶりに思い出す。あのときの悲しみも、怒りも、まざまざと。

『幸福堂』を知って、父の味に惹かれたお客さまたちと交流することで、父への思いはだいぶ変わったと思う。

それでも――消えない。

『お父さん、どうしてお母さんと私を棄てたの――？』

鼻の奥がツンと痛くなって、視界がぼやける。
『幸福堂』のメニューの端々に、母への――そして自分への想いを感じる。
それが、とても嬉しい。
知らなかった父を知ることで、どんどん父を身近に感じられるようにもなった。
それが、とても幸せだ。
だけど同時に、心の隅に黒い澱《おり》のようなものもたまっていく。
どうして？
どうして？
こんなにもたくさんの人たちを幸せにしているのに――どうして？
愛すべき家族であるはずの自分たちが、棄てられてしまったのだろう？
「……っ……」
修人の前で泣きたくなくて、晶はさらに歯を食い縛った。
結局――自分は未だ、父を許せていないのだ。
「とにかく、俺はお前と別れるつもりなんてねーからな。帰るぞ！」
黙って俯く晶に業を煮やしたように、修人が晶の腕をつかんだ。
「は……!?　か、帰るって……どこに……」

「東京だよ。当たり前だろ？」

予想だにしていなかった言葉に、一瞬怒りを忘れて唖然としてしまう。

「は!?　な、なんで!?　私、家はもう……」

「お前がこんなところでパン屋とか、冗談だろ？　あてつけにしたってやり過ぎだ」

「あ、あてつけ？」

何を言っているんだろう？　この男は。

「そうだよ！　デザインの仕事好きだったじゃねーか！　はじめてサポートじゃなくてメインで仕事を任せてもらえたって喜んでたじゃねーか！　それを投げ出すなんて！」

「……は……」

思わず、乾いた笑いがもれてしまう。

（いったいいつの話をしているの？　そんなのはすぐに駄目になったよ）

メインを外されただけではない。サポートすら許されず、チームから追い出された。先輩に逆らったから。後輩イビリを咎めたから。そして――職場の和を乱したから。

そんなところに戻れるわけがない。

もちろん、戻りたいなんて微塵も思わない。

「っ……やめてよ！　放して！　戻るつもりなんてない！」

その手を撥ねのけると、修人が本気で苛立ったように晶の手首をつかみ上げた。

「お前なぁ！　いつまで拗ねてるつもりだよ！　いいかげんにしろよ！」

いいかげんにしてほしいのは、こっちだ。

「何も……知らないくせに！」

なんとか逃れようとするも、修人の手はビクともしない。

その尋常じゃない力に――手首の痛みに、晶は顔を歪めた。

「一番助けてほしいときに、話すら聞いてくれなかったくせに！」

だけど、やっぱり修人の前では泣きたくない。弱みを見せたくない。

ああ、たしかに、自分はなんて可愛げがないんだろう！

「今さらなんなのよっ！　放してよっ！　私は東京には――」

手を振りほどこうともがきながら叫んだ――そのときだった。

「晶ちゃん！」

大好きな声が、耳を打つ。晶はビクッと身を震わせて、顔を上げた。

「ッ……諏訪さん……！」

視線を巡らせると、白いコックコートを翻してこちらに駆けてくる諏訪の姿が。

まっすぐ自分を見つめるひどく心配そうな眼差しに、堪えていた涙がぼろりと零れた。

ドンと突く。

「す、諏訪さん！」

思わず、助けを求めてしまう。

晶の涙を見た瞬間、諏訪は表情を険しくして、駆け寄ってくるなり修人の胸を乱暴に
ドンと突く。

「うわっ!?」

そして、そのままの勢いで胸ぐらをつかみ上げた。

「――手を放せ」

「っ……な……」

衝撃でゴホゴホと咳き込みながらも、修人がなんとか諏訪をにらみつける。

「な、ん……だよ！」

「聞こえなかったか？　彼女の手を放せと言っている」

修人が悔しげに顔を歪め、晶の手首を放す。

ようやく解放されてホッと安堵の息をついた瞬間、そんな晶を諏訪がもう片方の手で
抱き寄せた。

思いがけず自分を包み込んだ力強い腕に、たくましい胸に、心臓が大きな音を奏でる。

「彼女は――俺の大事な人だ。二度と近寄るな」

「っ……！」

その言葉に、胸が苦しいほど熱くなる。

〝設定〟のうえでの言葉だ。――わかっている。勘違いなんてしてない。

それでも、嬉しい。嬉しくて、嬉しくて、さらに涙があふれてしまう。

（ああ、諏訪さん……！）

嗚咽がもれてしまわないように、晶は震える手で口もとを覆った。

「っ……ふざけんなよ！　勝手なことを……！」

苦しいのだろう。修人が顔を真っ赤にして声を荒らげる。

対照的に、諏訪の態度はひどく静かで、冷ややかだった。

「勝手なことを言っているのはお前だろう？」

「あぁ？」

「俺が知らないとでも？　――まさか。全部聞いている」

そう言って、修人を突き飛ばす。

そして、よろめいて尻もちをついた修人を見下ろして、まるで蔑むように目を細めた。

「自分がしたことの報いぐらい、受け入れろよ。――見苦しい」

「なっ……！」

その言葉に、視線に、修人がさっきまでとは別の意味でカッと顔を赤くする。

「見苦しい？　お前だって人のことどうこう言える立場かよ！　不在の隙を狙うような真似しやがって！　まるで間男じゃねーか！」

もちろん、そんな悔しまぎれの言葉に諏訪が動じることはない。

「なんとでも言え。遠吠えにしか聞こえないからな。横から掻っ攫われるのが嫌なら、誰よりも大切にすればよかったんだ」

それだけ言うと、諏訪は晶の肩を優しく抱いて、修人に背を向けた。

「デカい口叩くのは、大切な人の笑顔ぐらい守れるようになってからにしろよ」


「あ！　帰ってきたぁ！」

「あぁ、めちゃめちゃ泣いてもうてるやん！」

店に戻るなり、女子高生仲良し四人組が駆け寄ってくる。

そして、四人が四人とも、キッと諏訪をにらみつけた。

「「「「ちょっと、諏訪さんっ！」」」」

瞬間、修人にはあれだけ毅然としていた諏訪が、ビクッと身を弾かせる。

「は、はい……？」

「はい？　やないわ！　こんな状態の晶さんを、なんで店に連れてきてんの！」

「そうやで！　ここはまっすぐ家に連れて帰るべきやろ！　何考えてんねん！」

あやみと絵里奈の言葉に、何ごとかと目を丸くしていた諏訪が小さく息をつく。

「ああ、そういうことか……。いや、わかってるから……。通りからは店の扉のほうが近いだけだよ。玄関の鍵だって持ってないし……。店を通るだけで、ちゃんとまっすぐ部屋に連れて行きます……」

「え……？　だ、大丈……」

「「「「それならよし！」」」」

もう大丈夫だと言おうとした晶を遮って、四人が再びハモる。

「わかってるならいいんです！」

「出て行くのをぼーっと見送っとったときは殴ったろかと思ったけど！」

「追いかけろって言ったときの第一声が『店が……』だったときも頭カチ割ったろかと思ったけどな！」

「ほんまやで！　もうちょっとシャキッとせんと！　男として！」

口々に言う四人に、諏訪がほとほと困り果てたように「こっちにも、いろいろ事情があるんだって……」と零す。

「大人の事情なんか知らんわ」

「そうやで。――晶さん、もう大丈夫やからね？」

「アイツがまた来ても、うちらで追い返したるから」

「みんな……」

じんと胸が熱くなる。みんな本当にいい子だ。

「ほら、諏訪さん！　早く部屋に連れてったげて！」

「なんならお店が閉まるまで、うちらが手伝ったるから！」

「……はいはい。じゃあ、晶ちゃん」

そして、晶の肩を抱く諏訪の手は、どこまでも優しい。

本当に、あてつけなんてとんでもない。勘違いも甚だしい。

心から、『幸福堂』が好きだ。

自分の居場所は、ここだ。温かなみんながいる、ここだ。それ以外にはない。

(ずっと、ここにいたい……)

そしていつか、自分も優しく温かな人間になれたら――。

◇＊◇

控えめなノックの音に、ふと目を開ける。

いつの間にか、部屋の中は真っ暗だった。どうやら眠ってしまっていたらしい。

「はい……？　諏訪さん……？」

起き上がって、シーリングライトのリモコンを手で探りながら答えると、「大丈夫？入るよ？」という声とともに、ドアが細く開く。

その光のおかげで、お目当てのものを見つける。晶はライトをつけて、顔を覗かせた諏訪に笑いかけた。

「お疲れさまです。お店のほうは……」

「終わったよ。あの子たち、本当に最後まで手伝ってくれてね。一人でも大丈夫だって言ったんだけど……少し責任を感じてたみたいで、むしろやらせてほしいって」

「責任……ですか？」

いったいなんの？

「篠原修人だっけ？　彼を連れてきちゃったから」

「えっ!?」

予想だにしていなかった言葉に、思わず目を丸くする。

「そんな！　お店を探していた人を親切で連れて来てくれただけじゃないですか！」

「うん、俺もそう言ったんだけどね？」

トレーを片手に部屋に入って来た諏訪が、肩をすくめる。

「でも、やっぱり泣かせてしまったって思いがあったみたいだよ」

「そんな……あの子たちのせいじゃないのに……」

むしろ、申し訳ないのはこちらのほうだ。とんでもない場面につきあわせてしまった。

「次に会ったときには、気にしないでって言わないと。それと、ありがとうって」

「そうだね、それがいいよ」

諏訪が頷いて、「食欲ないかもしれないけど……」とトレーを差し出す。

ふんわりと甘い香りが鼻孔をくすぐる。トレーには、ほかほかと温かな湯気を上げるミルクティーと、なんとも美しいフィンガーサンドウィッチがあった。

「キューカンバー？」

「そう。『幸福堂』のキューカンバーとスモークサーモンとクリームチーズのサンド。晶ちゃん、まだ食べてなかっただろう？」

「はい、まだでした。……ありがとうございます。食べてみたかったんです」

トレーを受け取って、膝の上に置く。

キューカンバー――貴婦人《レディ》のためのサンドウィッチ。

あまりにも綺麗なそれに、胸の奥が少しだけ痛む。

「翠子さんみたいに、キューカンバーが似合う素敵な女性になりたいですね……」

その言葉に、諏訪がわずかに眉を寄せる。

そして何やら少し考えたあと、ベッドを——晶の隣を指差した。

「座ってもいい？」

「え……？　あ、はい。どうぞ……」

意外な言葉に驚きつつも、慌てて頷く。

ベッドがギシリと軋んで——心臓が跳ね上がった。

（べ、ベッドで二人なんて……）

なんだか変に意識してしまって、気恥ずかしくてたまらない。

晶はあたふたしながらミルクティーのマグを引き寄せた。

「……！　甘くて美味しい……」

ミルクたっぷりのロイヤルミルクティー。トロリとした舌触りに、豊かに広がる香り。

甘みはメイプルシロップでつけたようだ。独特の風味と柔らかな甘みが心地よい。

じんわりと、優しさが熱とともに身体に——そして心に染み渡ってゆく。

優しくて、温かくて、甘い——。まるで諏訪のようだ。

そう思った瞬間、あふれた。

「……！　晶ちゃん……」

「え……？　あ、あれ……？　な、なんで涙が……」

慌てて袖で拭うも、次から次へと頬を伝い落ちてゆく。

どうしてだろう？　修人の前ではどれだけでも我慢できたのに、諏訪の前ではすぐに緩んでしまう。

「す、すみません……。泣くつもりじゃ……あの……」

諏訪が無言のまま、晶の震える手からそっとマグカップを取り上げる。

そして膝の上のトレーとともに、脇に避けた。

「ご、ごめんなさい……本当に……」

諏訪を困らせてしまう。早く泣き止まないと。

そう思うのに——あふれて止まらない。

「……ふ……ぅ……」

「……謝らなくていいよ。それより、彼の言葉なんて気にしたら駄目だよ」

諏訪が首を振って、ポンポンと晶の頭を叩く。

その優しい仕草に、さらに涙が零れてしまう。

「店での態度と俺に対する言葉だけでも、自分のプライドを守るために他者を攻撃するタイプの人間だってわかる。何か言われるたびに、『お前は』『お前も』『お前だって』そんな反論ばかりしてたろう？」

涙を拭いながら頷くと、諏訪が苛立たしげに息をつく。

「誰かを貶めたところで、自分の行いがなかったことになるわけでも、立場が良くなるわけでもないのに。素直に謝ることがかっこ悪いとでも勘違いしてるんじゃないかな」

諏訪の言うとおり、修人は謝ってもすぐさま「でも、お前も」と続けることが多い。

それで謝っているつもりかと、何度もイライラさせられたものだ。

「最初に聞いた話こそ、その典型だ。優しくないだの思いやりがないだのと晶ちゃんを責め立てることで、彼は自分を守ろうとしたんだ」

「自分を、守ろうと……？」

「そう、百パーセント完全に自分が悪いってなると、立場がなくなってしまうだろう？だから、相手を責めることで、情状酌量の余地を作ろうとするんだよ。つまり、自分もたしかに悪いけど相手も悪い。原因の一部は、責任の一端は相手にもある。そうやって自分の罪を少しでも軽くしようとするんだ」

「…………」

「責めたうえで譲歩する。優しくする。そうして痛み分けまでに持っていけたら、上々。そうじゃなくても、自分のプライドを少しでも守れたらいいんだ。最後、俺にぶつけた言葉なんて、完全に理論が破綻してただろう？」

「っ……はい……」

今思い出しても腹が立つし、恥ずかしい。よくもあんなことを。何が間男だ。

「それでもいいんだよ。結局、自分だけが弱い立場になることが許せないだけだから。むちゃくちゃでも、理不尽でも、相手にわずかなダメージを与えられたらそれで満足。自分だけじゃないってだけで、プライドは保たれるから」

諏訪がひどく不愉快そうに「安いプライドだ。——姑息だよ」と吐き棄てる。

「だから何を言われたとしても、気にしちゃ駄目だ。それは晶ちゃんを傷つけることを目的とした言葉だから」

諏訪の言うとおりだ。——わかっている。

それでも、修人の言葉にも一理あると思ってしまう。

いや、一理どころではない。あながち間違っていないとさえ思う。

優しくない。寛容さがない。思いやりもない。だから、可愛げがない——。それは、まぎれもない事実だ。

俯いたままそう言うと、諏訪が眉をひそめる。

「いや、それは……」

「それもあって、人づきあいは苦手だし、とても下手くそです……。友情も、恋も……結局は人と人とのつきあいなので……あまり上手くいかなくて……」

江原夫妻のように、年老いてなお寄り添える夫婦になりたい。

高畑一家のように、週末の朝は必ず全員で出掛ける仲のいい家族を持ちたい。

でも、どうしてもその未来《ヴィジョン》が描けない。

あまりにも途方もないもののように思えてしまう。

どうしてだろう？　その原因はなんなのだろう？　優しくないから？　寛容さがないから？　思いやりがないから？　可愛げがないから？

それとも——壊れた夫婦や家族しか知らないから？

「っ……！」

思わず唇を噛み締め、ギュッと目を瞑る。

——ああ、駄目だ。そんなふうに考え出したら最後、行きつく先はいつものあれだ。

父が母と自分を棄てたことに対する恨み節。

（修人のこと言える立場じゃない……。これだって立派な責任転嫁だ……）

自分が優しくないのも、寛容さがないのも、思いやりがないのも、可愛げがないのも、そのせいで人間関係が上手くいかないのもすべて——父が自分たちを棄てたせいだと。

そうじゃない。そうじゃないのに。

「——そんなことはない。晶ちゃんは優しいよ」

反射的に、首を横に振ってしまう。

実際、諏訪だけだ。そう言ってくれるのは。諏訪こそが優しいから。

「そ、そんなことは……」

「俺は、晶ちゃんと過ごす楽しい時間が好きだよ」

その言葉に、晶はふと涙で汚れた顔を上げた。

なんだか聞き覚えがあるような気がしたからだ。

「え……？」

「もちろん俺だけじゃない。以前、晶ちゃんのことを優しいって言うのは俺だけだって言ってたけど、絶対に違う。『幸福堂』のお客さまはみんな知ってる。そしてみんな、晶ちゃんの笑顔を楽しみにしてる。高畑さんなんか、店に来るたびに言うじゃないか。『可愛いわ〜』って」

「それは……でも……」

「優しいし、思いやりもあるし、可愛いよ。――保証する」

諏訪はきっぱりと言って、晶の手に自分のそれを重ねた。

「っ……あ……」

その温かさに、ハッとする。

（これって、私が諏訪さんに伝えた言葉の……）

思わず目を見開くと――それで晶が気がついたことに諏訪もまた気がついたのだろう。

諏訪がわずかに口もとを綻ばせる。

「もう少し自覚したほうがいい。自分が、どれだけに人に愛されているか……」

「っ……で、でも……」

「美琴ちゃんたちが店を手伝うって言い出したのも、実際に最後までやっていったのも、晶ちゃんのために何かしたかったからだ。それでも信じられない？」

「それは……」

なんと答えていいやらわからず、モゴモゴと言葉を濁す。

そんな晶に、諏訪は「これはあんまり言いたくないけれど」と言って肩をすくめた。

「あの男だってそうだよ」

「え……？　修人が、ですか？」

「このまったく伝わってない感じにはざまあみろとも思うけど……そうだよ。どれだけひどい言葉をぶつけても、結局のところ晶ちゃんのことが好きだからこんなところまで来たんだろう？」

　そうなのだろうか？　しかしたしかに、そうじゃなければここまで来る理由がない。

「自覚してくれ。晶ちゃんの笑顔は、人を幸せにしているよ」

「え……？　で、でも、それは……『幸福堂』のパンがあってこそで……」

「関係ないよ。みんな必ず晶ちゃんとたわいないおしゃべりをしてから帰るじゃないか。混雑しているときでも、絶対に一言二言かけてゆく。綾瀬さんなんか、忙しい人なのに客が落ち着くまで待ってでも晶ちゃんと話して帰るじゃないか。パンが目的なだけなら、そんなことをする必要はないだろう？　晶ちゃんの笑顔が見たいからだ」

「それは……」

「優しくもない、思いやりもない、可愛くもない相手とそんなことしようと思うかな？　そんなもの好きな人間は、そうそういないと思うよ」

　さらに晶の手を強く握り締め、諏訪がはっきりと微笑む。

　いつもの――静かな水面にかすかに広がった波紋のようなささやかな笑みじゃない。穏やかで、優しくて、温かくて、ひどく心に染みる――綺麗な笑顔だった。

心臓がありえないほど大きな音を奏でる。

「『幸福堂』には、晶ちゃんが必要だよ。だからもうそんなふうに泣かないでくれ」

泣かないでと言われたそばから、涙が零れてしまう。

「……はい……ありがとう、ございます……！」

『幸福堂』にいたい。

諏訪の傍にいたい。

父が生み出したサンドウィッチに囲まれていたい。

お客さまが見せてくれる幸せそうな笑顔に触れていたい。

だからこそ、必要だと言ってもらえたことが、とてつもなく嬉しい。

「あ、りがとう……ございます……」

「お礼を言うことでもないよ。それは、晶ちゃん自身が勝ち得たものなんだから」

「諏訪……さん……」

「だから明日のためにも、あんなクソ野郎のことは早く心から追い出しちゃってほしい。みんな、晶ちゃんの笑顔に会えるのを楽しみにしてるから」

「っ……はい……。もう、大丈夫です……。もう泣きません……」

つまらない言葉に囚われて、一番大切なことをないがしろにするわけにはいかない。

晶は涙を拭って深呼吸を一つすると、まっすぐに諏訪を見上げて、にっこり笑った。

「パンパンに目を腫らして、お客さまをお迎えするわけにいきませんから」

「うん、その調子」

諏訪がホッとしたように目を細めて、脇に避けておいたトレーを晶の膝へと戻した。

「じゃあ、サンドウィッチを食べて休んで。明日も早いから」

「はい、そうします。本当にありがとうございました」

「……じゃあ、俺は行くから」

そう言って立ち上がって――だがすぐに「あ……」と晶を振り返る。

そして、諏訪は「ゴメン、あと一つだけ」と言うと、頭を下げた。

「あの男を撃退するためとはいえ、晶ちゃんを自分のものみたいに言ってゴメン……。それは……ええと……反省してる……」

(ああ、謝られちゃった……)

そんな必要はないのに。それも、とても嬉しかったのに。

でも、それが諏訪だ。

どこまでも人と誠実に向き合う――。

「いえ、とんでもないです。来てくださって、ありがとうございました」

「そう言ってくれると嬉しいよ。──じゃあ、おやすみ」

大きくて頼もしい背中が、ドアの向こうに消える。

静かに閉まったドアを見つめて、晶は小さく肩をすくめた。

（いつまで、〝設定〟を続けていられるかな……？）

いつかこの気持ちが大きく育って、婚約者のフリを続けていられなくなる日が来る。

そんな予感がする。

晶は唇を噛み締め──けれどすぐに首を横に振った。

今からうじうじ悩んでも仕方がない。

明日のために、考えるべきじゃないことは考えない。

不安をすっぱり心から追い出して、キューカンバーを口に運ぶ。

「……！　美味しい……！」

優しいパンの甘みに、バターのコク、きゅうりをマリネした白ワインビネガーの酸味、ふわりとかすかに香るのは──ミント？

一ミリ以下にスライスしたきゅうりは、シャキシャキとした食感は残っているものの硬過ぎることはなく、パンの柔らかさととてもいいバランスだ。

「これは……ハマる気持ちわかるな……」

なんという存在感だろう。小さな一口サイズで、心をわしづかみにされてしまった。

「これが、貴婦人のためのサンドウィッチ……」

これが、『幸福堂』のキューカンバー。

「すごい……美味しい……。きゅうりって脇役だとばかり思っていたのに……」

きゅうりに白ワインビネガーにミント——三種の清涼感が暗い気持ちを吹き飛ばしてくれる。

シャキシャキと軽やかで楽しい食感も相まって、一つ——また一つと口に運ぶたびに、心が晴れやかになってゆく。

(ああ、やっぱり……諏訪さんのサンドウィッチは心に響く……)

諏訪が元気を出してと言ってくれているようだ。

いや、実際そうなのだろう。だから、このメニューを選んだ。

「——うん」

晶は大きく頷いて、唇を綻ばせた。

心だけでも、貴婦人に。

凛と顔を上げていこう。

Nishikita Kofukudo

五品目

あらためましてのニンジンサンド

『東京に帰る。最後に会いたい。五分だけでも話ができないか？　修人』

そう『幸福堂』のSNSにダイレクトメールが送られてきたのは、翌朝のことだった。

時刻を確認すると、早朝五時半。

なぜこんな早くにと眉をひそめたものの、すぐに思い直す。晶の都合に合わせるためだろう。一般的に連絡をしても失礼に当たらない時間まで待っていたら、『幸福堂』の営業がはじまってしまう。それでは返事すらもらえない可能性もある。実際、営業中にSNSをチェックすることはほとんどない。

（へぇ……？）

その変化に、少し驚いてしまう。

（なんで俺がお前の都合を考慮しなくちゃいけねーんだとか言ってたのに……）

学習する頭はあったということだ。

（でも、まだ会いたいとか……なんで？）

首を捻りながら、晶は諏訪にSNSを見せて相談。諏訪はこれ以上はないというほど嫌そうな顔をしていたが（表情筋がすごく仕事をしていた）営業中に突撃されるよりはマシということで、話し合った結果、『七時少し前に、店の前まで来てくれるなら』と返事をした。

朝晩は冷えるようになってきた。それでも、西宮は東京に比べてかなり暖かい。

本日の日の出は六時二十分。だいぶ太陽が昇ってきているが、まだほんのり薄暗い。

店の前で待っていると、タクシーが目の前の通りに止まる。――来たようだ。

さらに待っていると、支払いを終えた修人が車から姿を現す。

「晶……」

修人は歩きながら片手を上げて――晶の後ろで腕組みをして店の扉に背を預けて立つ諏訪を見てムッと眉を寄せる。

そして晶の目の前まで来ると、ひどく嫌そうな顔をして諏訪をにらみつけた。

「お前もいるのかよ……」

「そりゃ、いるよ」

「監視かよ……」

「お前のな」

修人を見もせずに端的に答える諏訪に、修人がため息をついて晶を見る。

「そこまで信用ねーのかよ……」

「…………」

晶は肩をすくめて、無言のまま片袖をめくって見せた。

細い手首が赤黒く変色しているのを見て、修人がギョッとして口を噤む。

「こんな痕をつけられた直後に、二人きりになんてなるわけないでしょ？」

「そんなに……強くつかんでたか……？」

「残念ながらね。彼がいたら問題があるの？　第三者がいる場所では話せない内容ならそもそも聞く気はないけど、どうするの？　このまま帰る？」

ぴしゃりと言ってやると、修人が「わかったよ……」と肩をすくめる。

そしてそのまま姿勢を正すと、深々と頭を下げた。

「悪かった」

「っ……！」

予想だにしていなかった行動に、思わず息を呑む。

晶も諏訪も唖然として顔を見合わせた。

「俺……どこかで……お前は何をしても許してくれるって思ってたんだよな……」

修人が顔を上げ、ポカンとしている晶を見て再度ため息をつく。

「だから、お前が消えたときは焦ったし、ショックだった。めちゃくちゃ捜しまくって、関西で男と暮らしてるって知ったときは、もうなんて言うか……」

そして三度目のため息をつくと、悔しげに前髪をかき混ぜた。

「わけわかんなくなるぐらい……腹が立って……」

「嘘……。だ、だって……浮気相手の子はどうしたの？」

「お前が消えた瞬間、どうでもよくなったよ」

戸惑う晶に、修人がきっぱりと――とんでもないことを言う。

晶の後ろで諏訪が目を剝き、信じられないとばかりに首を横に振った。

「どんだけクズなんだ……お前……」

「っ……うるせーな。わかってるよ。外野は黙ってろよ」

「たまにはクズを休めよ。そこまで完璧にクズやってると疲れるだろう？」

「クズクズうっせーな。本気でちょっと心配そうに言ってんじゃねーよ。腹立つな！

そして、お前もドン引きかよ」

修人が顔を歪めて、晶をにらむ。

「いや……うん……ものすごく引いた……。だって、アンタ……その子のことどれだけ持ち上げたか覚えてないわけ？　『お前と違って優しい』『お前と違って思いやりがある』『お前と違って可愛い』。あとは『お前といるよりも楽しい』『お前といるよりも癒される』。あげくのはてに『お前も少しは見習えよ』って言われたんだよ？」

その言葉に、諏訪が汚物を見るような目を修人に向けた。

「お前なぁ……」

「……黙っててくれ、外野。たしかに言ったよ。それも反省してる」

そう言って──修人は顔を歪めて、再び前髪をくしゃりとつかんだ。

「たぶん……正直にたぶんって言うけど……俺はもっとお前に構ってほしかったんだと思う……」

ひどく苦しげに顔を歪めたまま、修人がたどたどしく言う。

おそらく修人にとって、胸の内を素直に吐露することはひどく難しいことなのだろう。もしかしたら、苦痛すら感じているかもしれない。

それでも必死に、想いを言葉にしてくれようとしているのが伝わる。

そんな修人ははじめてで──晶は戸惑いに視線を揺らした。

「私、そんなに修人のことほったらかしにしてた？」

「いや、そういう意味じゃないんだ。なんていうか、どうしても、俺は……お前の中で一番になれなかったからさ……。仕事の次、夢の次、あとは……親父さんの次？」

「え……？　父の……？」

意外な言葉に、思わず首を傾げる。

「ど、どうして……？　だって私、父のことはずっと……」

「そりゃ、好きって感情とは違うんだろうけど……でもお前の中で親父さんの存在ってすげーデカいと思うけど？　だって、俺がどれだけお前に気持ちを伝えても、どれだけ楽しい時間を共有してても、お前のトラウマはビクともしなかったじゃねーか。それってそういうことだろ？　少なくとも、俺はそう思った。入り込めないって……」

「っ……それは……」

「俺にはお前の傷を癒すことはできなかったし……逆に親父さん以上にお前を傷つけることもできなかった……。浮気までしても、俺は一番にはなれなかったんだよ……」

思いもしない言葉だった。

（そんな思いをさせていたなんて……）

もちろん、気を引くために浮気するなんてとんでもない話だ。それは間違いない。

でも――じゃあ、自分はどうなのか。

自分だって、ちゃんと人を愛せていたのだろうか？　情を交わせていたのだろうか？

（できていなかったから、修人がこれだけ思い詰めてしまったんじゃないの……？）

そして――トラウマに囚われたままなのも、また事実だ。

そこから踏み出さなくては、本当の意味で変わることなどできないということも。

「……っ……」

今さら考えても仕方がないことだ。それはわかっている。

しかし――もしも、もっと早くにそれに気づけていたら？

修人の想いをないがしろにせず、トラウマと決別していたら？

違う未来があったのではないだろうか？

「…………」

思わず、押し黙ってしまう。

そんな晶に、諏訪はやれやれと息をついた。

「まったく、人がいい……。だとしても、お前のやったことは最低だよ」

「もちろんわかってるよ。理解してくれって言ってるわけじゃない。許してほしいとも思ってない。そうじゃなくて……」

厳しい言葉に、しかし修人はあっさりと首を縦に振った。

「ただ、最後だから……すべて話しておきたかっただけだ」

それもまた、意外な言葉だった。

「え……？　許してもらうために……話をしに来たんじゃないの？」

「そりゃ、許してもらえたら嬉しいよ？　だけど、許してもらうことが目的じゃない。許してもらったところで、今さらだしな」

修人がふっと苦笑する。

少しバツが悪そうな、自嘲するような、なんだか照れたような、複雑な笑み。

けれど、久々になんの誤魔化しも嘘もない——素のままの心に触れられた気がした。

「謝罪は俺の中でのけじめだよ。意地張ったままじゃ……駄目だと思ったから……」

「……修人……」

「あーあ！　それなのに、仕事も夢もあっさり捨ててそいつとはパン屋なんてやってんだもんな！　勝てるわけねーよ！」

表情を曇らせた晶に、修人がおどけたように声を上げる。

修人は沈んだ自身の気持ちと場の空気をどうにかしたかっただけだったのだろうが、その言葉にドキリとする。

瞬間——痛いところを突かれたと思った。

違うからだ。仕事を失ったのも、夢破れたのも、諏訪と出逢う前の話だ。

晶の意思で捨てたものなんて何もない。仕事や夢は失ってしまっただけだ。

（私は……何も変わってない……）

諏訪と一緒にいても、まだ囚われている。

「だから、帰る。——元気でな」

修人がそう言って、また複雑な笑みを浮かべる。

愛しげで、だけど苦しげで、悲しげで、切なげで——それでいて晴れやかな。

晶もなんとか微笑んで、頷いた。

「……修人も」

「お前の連絡先は消さねーから。何かあったら連絡してこいよ」

「ゴメン、それは絶対にないかな」

きっぱりと首を横に振ると、修人が今度こそ楽しげに笑う。

「そこは笑って頷いてくれてもいいじゃねーか。——そういうところだぜ？」

「ゴメン、可愛げがなくて」

「ホントだよ」

ポンと晶の頭を叩いて、修人がその横をすり抜ける。

そしてそのまま諏訪に身を寄せると、ドンとその肩を拳で叩いて声をひそめた。

「あれだけデカい口を叩いたんだ。絶対に泣かすんじゃねーぞ。奪い返されたあげくに、俺に『ざまあみろ！』って高笑いされたくなきゃな」

その言葉に、諏訪は無言のままチラリと修人を一瞥し、肩をすくめた。

「肝に銘じておくよ」

◇＊◇

「諏訪さん！　終わりましたー！」

　売り場を隅々まで清掃し終えて、それを報告する。

　しかし、すぐにくるはずの返事がない。晶は後ろを振り返った。

「あれ？　諏訪さん？」

　厨房を覗くと、その背中はドウコンディショナーの前にある。

「いるんじゃないですか。諏訪さん？」

　しかし、声をかけても、振り返るどころか微動だにしない。

　完全に『返事がない。ただの屍のようだ』状態。あるいは、ローディング中。

（なんか最近多くない……？）

　ここのところ、こんな姿をよく見かける。悩みごとでもあるのだろうか？

（修人が来たあたりから？　いや、どうだろう？　そもそも本当に増えたのかな？）

　もともと諏訪は、何か一つのことに没頭しがちなタイプだ。日ごろから、一切合切をシャットダウンした状態で何かに集中している姿も、一人でじっと考えている様子も、よく見かける。

（精進落としの場でも、完全にローディング中だったもんね）

あれだけ話題にされておいて、まったく聞いていなかったと知ったときは驚いた。

そんな諏訪だから、驚くことでもなければ、心配する必要もないとは思うのだが。

（でも、なんかちょっと頻度が増えてる気がするんだよね……）

どうやら、厨房の清掃も終わっているようだ。

晶はエプロンを外しながら諏訪に近づくと、その腕を叩いた。

「諏訪さん！　終わりました！」

瞬間、諏訪がビクッと身を震わせて、晶を見る。

「あ……ゴメン……。考えごとしてた……」

「それは見ててわかりました。完全に魂がどこかに行ってましたよ。おかえりなさい」

「ええと、ただいま。……ああ、そっか。閉店作業が終わったのか」

すでに電気を落としてある売り場を見て、諏訪が理解したというように頷く。

「大丈夫ですか？　具合が悪いとか……」

「いや、それはないよ。大丈夫。本当に考えごとをしていただけ」

「それならいいんですけど……」

そう言いながら、ふと違和感を覚えて内心首を傾げる。

（あれ……？　なんだろう？　視線が合わない……）

諏訪は、ともすれば見過ぎなぐらい、人の目を見て話すクセがあるのに。

「……？　明日は定休日ですけど、どうしますか？」

「ああ、そうだね。どうしようか……」

問いかけに反応してこちらを見るも、すぐに視線をそらして日報へと手を伸ばす。

「ずっと勉強ばかりじゃ息が詰まるだろう？　明日は好きに過ごすといいよ」

「好きに、ですか？」

「うん、俺は俺でやることもあるしね」

その言葉に、思わず目を見開く。

（え……？　それって……）

『好きに過ごすといい』と言いながら、『俺は俺でやることがある』と線を引いた――。

つまり『好きに過ごす』の中には、『諏訪と一緒に過ごす』という選択肢はないということだ。

（気にするようなことじゃないかもしれないけど……なんだろう？）

なんだかいつもの諏訪ではないような気がする。

「ええと、やることってなんですか？　手伝いますよ」

「いや、それはいいよ。せっかくの休みなんだから」

おずおずと言うと、諏訪が振り返ってわずかに目を細めた。

「そこまで俺につきあうことはないよ」

その言葉に、ドクンと心臓が嫌な音を立てる。

晶は反射的に手で胸もとを押さえた。

(なんだろう？　言葉はいつもどおり優しいのに……)

突き放された気がした——。

「あ、あの、じゃあ……翠子さんにいつかランチに行きましょうと誘われていたので、連絡してみますね……？」

正体不明の違和感に戸惑いつつ言うと、諏訪が「ああ、うん。それがいいよ」と頷く。

そして、再び晶に背を向けた。

「楽しんでおいで……」


「——って感じなんですよね、最近」

「あらまぁ……！」

目を丸くした綾瀬が、すぐに「それは駄目ねぇ」と眉を寄せる。

夙川河川敷緑地《かせんじきりょくち》――夙川の河川敷沿いに、北は銀水橋から南は香櫨園浜の海岸部まで約四キロにわたって街路として整備された公園緑地――通称『夙川公園』。

『さくら名所百選』の一つにも数えられる桜の名所として有名だが、実は四季折々さまざまな景色が楽しめる。

　今の季節は、澄んだ青空に赤や黄色に秋化粧した木々が映える。

涼やかな風と、初夏には蛍が楽しめるほど綺麗な川のせせらぎが心地よい。

川のほとりの東屋《あずまや》で買ってきたパンを広げながら、晶ははぁ～っとため息をついた。

「諏訪さんが何も言わずに避けるなんて真似をする人じゃないことはわかってるんです。だから、私の気のせいなのかもしれませんし、変に気にしすぎているだけなのかも……。でも、やっぱりなんか……前までと少し違うような気がして……」

「そうなの……」

「それが思い悩んでいることと関係があるなら、相談してほしいです。そりゃ、私じゃ助けにならないかもしれませんけど……でも一緒にいるのに……」

「そうねぇ」

「思い悩んでいることと、私への態度は関係なかったとしても、できれば知りたいです。私に思うところがあるのなら、なおさら。話してもらえないのは……その……」

「寂しい？」

綾瀬が気遣うように微笑んで、パンを差し出す。

「そうですね、すごく寂しいです」

一緒にいるのにもかかわらず、諏訪をひどく遠くに感じて、寂しい。

「もちろん、悪意があって隠しごとをしているわけじゃないってことはわかってます。諏訪さんはそういう人じゃない。それは自信をもって断言できます。きっと私のことを気遣ってくださっているんだと思うんです。でも……それでも……」

晶は受け取ったパンを一口食べて――大きく目を見開いてまじまじと手の中のそれを見つめた。

「ッ……！　な、なんですか⁉　これ！　めちゃくちゃ美味しい！」

「そうでしょ～？　美味しいのよ～！　城崎にあるお店の姉妹店が苦楽園にできてね？　行ってみたらものの見事にハマっちゃって！」

「食感はシフォンケーキ？　蒸しパン？　半熟カステラ？　ぷるっ、ふわっ、とろっと、そしてしっとり……！　味はプリン？　フレンチトースト？　やっぱり蒸しパンや半熟カステラにも近いような……？　玉子の味がとにかく濃厚で、甘くて……あぁぁっ！　これを完璧に表現する能力が私にはありませんっ！　でも最高に美味しいです！」

『たまご専門　本巣ヱ《もとすえ》』苦楽園店の『濃厚たまごパン』。

もともとは、明治元年創業、城崎温泉で一五〇年以上もの歴史を持つ『炭平旅館』が、数々のヒット店舗や新業態を世に送り出してきたクリエイティブチーム『スーパーマニアック』とタッグを組んで、安全・安心を第一に、昔ながらの餌や育て方にこだわって地元の人々からも信頼の厚い『岡養鶏場』の玉子を使用した『たまごパン』のお店を、城崎温泉駅近くにオープン。苦楽園店はその姉妹店。

お店はスタイリッシュでモダン。だけど、木の温もりが感じられてホッと落ち着く。ケーキのように大きなショーケースに並べられたパンには、否応なしに心が躍る。

城崎でも苦楽園でも、行列必至の大人気店だ。

「わかるわ〜！　冷やすとまた食感が変わってね？　それもまたたまらないのよ〜！だから、この練乳クリームとフルーツをサンドした『はさけるパン』も美味しいの！フルーツは三種あるけど、私のおすすめはいちご！」

「ああ、絶対美味しいやつ……！　諏訪さんにも食べさせてあげなきゃ！」

満面の笑みでそう言うと、綾瀬がなんだか嬉しそうに目を細める。

「本当に仲がいいわねぇ。素敵だわ」

その言葉に、しかし晶は視線を揺らし、俯いた。

「それは……どうでしょうか？」

「さっきの話？」

「そうなんです……。とにかく、最近ずっとそんな感じで考え込んでることが多くて、実は訊きたいこともあるんですけど、そんなこんなでまだ訊けていなくて……」

「訊きたいこと？　なぁに？　って、私が訊いてもいいのかしら？」

「あ、大丈夫です。最近、お客さまから『ニンジンサンドを復活させてほしい』という要望がすごく多くて……そのことについてなんです」

「……！　ああ！　ニンジンサンド！」

綾瀬が納得した様子で頷いて、『濃厚たまごパン』にかぶりつく。

そして、ぷるっふわっとろっしっとりを存分に堪能したあと、小首を傾げた。

「たしかに、再オープン以降は見てないわね。どうしたのかしら？」

「聞けば、かなり人気の商品だったそうじゃないですか。売り上げ一位が玉子サンド、二位がカツサンド、三位がそのニンジンサンドだったたって……」

「ええ、たしかそうよ。美味しいのよね、あれ」

「翠子さんもご存じなんですか？」

「ええ。私も含めてファンが多いサンドウィッチよ」

だったら、なおさら疑問だ。

晶は眉を寄せて、手の中の『濃厚たまごパン』を見つめた。

「どうして作らないのでしょうか？」

「さぁ、私にはわからないわ」

綾瀬は首を横に振り、そのまま『濃厚たまごパン』をパクパクと食べ切ると、傍らのカフェラテへと手を伸ばした。

「わかるのは、その状態を拗らせたら絶対に駄目だってことだけ。いい？　晶ちゃん。最初は相手のためかもしれないけれど、遠慮も過ぎれば致命傷になるわよ」

「え……？」

なんのことを言われているかわからなかったものの、『致命傷』という物騒な言葉に思わず顔を上げる。

「ええと……？」

「まったく、いったい何をしているのかしら？　諏訪さんだって知っているはずなのに。倖田さんの後悔を」

「え……？　父の……？」

「ええ、そうよ。晶ちゃんは、ご両親の離婚の原因を知っているのかしら？」

思いがけない言葉に、心臓が嫌な音を立てる。

「い、いいえ……。あの……結局、訊けないままでした。父にも、母にも……」

「そう……」

一瞬にして変わった顔色に、硬くなった声に、離婚が晶の心に残した傷の大きさを、深さを知ったのだろう。綾瀬が痛ましげに眉を寄せる。

「誰かの事情を本人の断りもなく勝手に話すものではないけれど、晶ちゃんのためなら倖田さんも許してくださると思うわ」

そして、晶の細い肩に優しく手を置いた。

「あのね？　晶ちゃん。倖田さんの離婚の原因の一つが、まさにそれなのよ」

「え……？　そ、それって……？　遠慮も過ぎればってお話ですか？」

「そう。晶ちゃんのお母さんはね？　倖田さんや倖田さんのお母さまに遠慮するあまり、本来なら一番頼りにすべき旦那さまに悩みを相談することができなかったの」

「母が……？」

「ええ。倖田さんのお父さまやお母さま、そしてご兄姉は……その……倖田さん曰く、利己的で排他的で、ええと……とても自分勝手な性格をなさっているそうでね……？」

綾瀬が言いにくそうにモゴモゴと言う。

「あ、大丈夫です。祖父や祖母はほとんどかかわったことがないのでわかりませんが、伯父・伯母にかんしてはそのとおりです。気にしないでください。つい最近、がっつり経験しました」

実は、それは今も継続中だ。

伯母が何かと電話をかけて来ては、遺品整理はどうなっているかと訊いてくる。

形見分けの話のように装ってはいるが、そのくせ細々とした品物にはまったく興味を示さない。その口から出てくるのは土地や家の話ばかりだ。権利はどうなっているのか、ローンは残っているのか、家や店舗をじっくり見せてほしいなど。

いつも適当なところで切り上げてはいるが、着信拒否してやろうかと思うぐらいには、すでにうんざりしている。

「あら、そう？　まぁ、そういうことなのよ。遠方で暮らしていたし、お盆やお正月も倖田さんの仕事の関係で、なかなか実家に顔出すことはなかったそうなんだけど……」

「そうですね。父の仕事が平日休みだったのもあって、親戚づきあいをしていた覚えはほとんどないです。私は、祖父母には何回会ったかな？　本当に数えるほどですよ」

「そう。でもね？　嫁姑問題は、遠方に住んでいるから、会うこともほとんどないから安心ってわけにはいかないものなのよね」

　意外なワードに、晶はポカンとして綾瀬を見た。

「嫁姑問題？　母が嫁イビリをされていたってことですか？」

「簡単に言えば、そうね。少なくとも晶ちゃんのお母さんは、倖田さんのご家族による精神的な圧力を感じていたそうよ」

「でも、本当にほとんど会ったことはないんですけど……」

「倖田さんの不在時を狙って、電話をかけて来ていたそうなの。それも一日に何度も、執拗に。実は、晶ちゃんが生まれる前からずっと」

「えっ……？」

「内容はいろいろ。舅さんは、男の子はまだかとか、男の子を産まない嫁は駄目だとか。姑さんは、なんで倖田さんと顔を見せに帰ってこないんだ、息子を取り上げるなんて、なんて性悪な嫁だとか。仕送りが少ないだとか、無駄遣いしているんだろうとか……」

　そのとんでもない言葉に、絶句する。なんだ、それは。

「これでもごく一部らしいの。倖田さんも全部は訊き出せなかったって。お義姉さんもたまに。お義兄さんだけは電話をかけてこなかったらしいけれど、代わりに倖田さんに昔からなぜか劣等感を持っていたらしくて、そちらはそちらで折り合いが悪かったそう。それによるトラブルもあったみたいでね」

祖父が亡くなったのは覚えてもいないころだ。ものごころついたころにはいなかった。

祖母が亡くなったのは六歳だったか七歳だったか——小学生低学年だったことだけはたしかだ。その葬儀も法要も、おそらく出席はしたのだろうが、まったく覚えていない。ましてや、母と父方の親族との関係についてなんて気づきもしなかった。

（ああ、でも……）

たしかに、母の葬儀に来たのは伯母だけ。伯父は来なかった。弟の離婚した嫁という関係性の薄さだったので、とくに気にしなかったが。

そして、父の葬儀では——あのとおりだった。

「っ……」

あの不快感を思い出す。

通夜でも葬儀でも誰も涙を流さなかった。諏訪がいることに文句を言い、その働きにケチをつけ、口を開けば日々の愚痴。精進落としの会食の場では、笑顔まで見せながら遺産の話で盛り上がる始末。

奥歯を噛み締める晶の肩を優しくトントンと叩いて、綾瀬が言葉を続ける。

「それをね？　お母さんは倖田さんに打ち明けることができなかったそうなの」

「え……？　ど、どうして……」

「あくまでも晶ちゃんのお母さんが言うには、自分はすでに倖田家にお嫁に入った身。つまり、舅も姑も自分の家族。その家族を悪く言いたくなかったというのが一つ」

綾瀬が晶の目を覗き込み、一本二本と指を立てる。

「二つ目は、モラハラ被害者が陥りがちな思考なのだけれど、晶ちゃんのお母さんは、つらく当たられるのは自分が悪い、自分が至らないせいだって本気で思っていたのよ。つまり、家族の仕打ちについて相談するのは、自分の至らなさを告白するようなもの。だからできなかったの。倖田さんに失望されたくなくて、嫌われたくなくて」

「っ……！　そんな！」

「三つ目は、家族のために日々頑張ってくれている倖田さんを、煩わせたくなかった。悩ませたくなかった」

「嘘でしょう……!?」

愕然とする。そんなことって！

「晶ちゃんのお母さんは、倖田さんを想うあまり、打ち明けることができなかっただけじゃない。必死にそれを隠してしまったのよ。相談をしたのは――別の人」

瞬間、心臓が縮み上がる。晶は大きく目を見開き、胸もとを押さえた。

「別の、人……？」

「ええ、幼馴染みだったそうよ。近所に住んでいて、昔からお互いをよく知っている」

「幼馴染み……」

心当たりがあった。

「だ、男性……ですか……？」

震える声で尋ねると、綾瀬がきっぱりと頷く。

「ええ」

「――ッ！」

すさまじい衝撃が全身を貫く。晶はガクガクと震える手で口もとを覆った。

「は、母が……佐々本《ささもと》さんと……浮気を……？」

「っ……！　いいえ！　それは違うわ！　そんな勘違いはしないであげて！」

しかし瞬間、綾瀬が晶の肩をつかんで、激しく首を横に振る。

「晶ちゃん！　それは違う！」

「で、でも……父以外の人に、心を寄り添わせたって……ことじゃ……」

「違うわ！　むしろ、晶ちゃんのお母さんが倖田さん以外の男性に興味を持てる人なら、問題はそこまで拗れなかったわ！　もっと早い段階で解決できたはず！」

そして両手で晶の頬を包むと、まっすぐ目を見つめてきっぱりと言った。

「晶ちゃんのお母さんと倖田さん自身の名誉のために言うわ。それだけは絶対にない！　信じて！」

「翠子さん……」

「晶ちゃんのお母さんは、倖田さんを想うがあまり弱みを見せることができなかったの。悩みを打ち明けることができなかったのよ。良い妻でいたくて、必死に隠して、隠して、我慢して、我慢した。鬱になってしまうまで」

「鬱……？　母が……？」

　知らなかった情報ばかりで、なかなか思考が追いついていかない。

　だがたしかに、離婚前から母がひどく調子悪そうにしていたのは覚えている。

「そう。でも皮肉なことに、病んでしまったことでようやく秘密に綻びができたのよ。それで――倖田さんはすべて知ることができたの」

「鬱が、きっかけで……？　ああ、そうか……」

　その原因を、探らないわけがない。

　治療の第一歩は、その原因から徹底的に離れて心を休めることだからだ。

「ええ。すべての事情を話してくれたのは、その幼馴染みの方だったって聞いているわ。佐々本さん？　私、お名前までは知らなかったのだけれど」

「……ええ、おそらくそうです」

父が出て行ってしまう前から母とは仲が良く、よく家にも遊びに来ていた。それこそ、あまりに頻繁に会うせいで、晶は一時期まで彼を親戚だと勘違いしていたぐらいだ。

父が出て行ったあとも関係は変わらず、何かと母や晶を気にかけてくれた。

「すごく……よくしていただいた方です……」

「……残酷よね」

綾瀬が身を離して、ため息をつく。

「その方から話を聞く間――倖田さんは荒れ狂う激情に震えが止まらなかったそうよ。こんなことになるまで気づけなかった不甲斐なさに、相談してもらえなかった悔しさ、すべてを知る目の前の男性への嫉妬、妻を傷つけた人たちへの、そして自分への怒り。そのほか、苦しみ、悲しみ、切なさ、やるせなさ――」

「……わかります」

晶は奥歯を噛み締め、両手で顔を覆った。

「私だったら、嫌です！　そんな遠慮は絶対にしてほしくない！　好きだからこそ！　私は一番傍で支えたい！　助けたい！　力になりたい！　もちろん、何もできないかも知れないけれど……それでも寄り添うことはできる！　っ……どうして……！」

どうして――そうさせてくれない？

「倖田さんもそう思ったそうよ。どうして夫の自分が蚊帳《かや》の外なんだって」

「そうですよ！　当然ですよ！　だって、どう考えたっておかしいじゃないですか！

どうして、傍にいる自分が……！」

顔を上げて、綾瀬を見て――だけどそこで言葉が途切れてしまう。

「どうしても、俺は……お前の中で一番になれなかったからさ……」

修人の言葉が、脳裏に響く。それは――修人も口にした苦悩だった。

どうして、傍にいる自分が一番じゃないのか。

「そこで拗れてしまった。大きく衝突してしまった――」

言葉を失う晶に、綾瀬が苦しげに告げる。

「お互いを想う気持ちがなくなったわけじゃないから、最初はやり直そうとしたそうよ。

これからは、相談してくれ。頼ってくれ。一緒に苦しませてくれって……。でもね？

夫婦関係を修復するため、鬱を治すため、痛々しいほど努力する晶ちゃんのお母さんを

見ているうちに、倖田さんは自分の考えが間違っていたことに気づくの。――いいえ、

違うわね。間違ってはいなかったのよ。ただ、甘過ぎたの。現実的ではなかった」

お互いに深く愛し合っていたがゆえの、悲しくて――残酷な結末を。

「悩んで、悩んで、苦しんで、苦しんで――そして倖田さんは、晶ちゃんのお母さんと離れることを決意するの。決意せざるをえなかったのよ。だって……」

綾瀬はそこで言葉を切ると、やるせなさそうに目を伏せた。

「寄り添うって、努力してするものじゃないでしょう？」

「っ……」

息も継げないほど、胸が締めつけられる。晶は再び両手で顔を覆った。

「気持ちを打ち明けるのに、悩みを相談するのに、さまざまな感情をわかちあうのに、努力しなければならない時点で――夫婦としてはもう駄目だって」

「そう……ですね……。わかるような気がします……」

「それに、鬱は頑張って治そうとしては駄目。頑張らないことで治すものなんだから。だから、晶ちゃんのお母さんのためにも、もう傍にいないほうがいいと思ったそうよ」

ああ、こんな悲しいことがあるだろうか？

「最初から……母が父にすべてを曝け出していたら……」

そうしたら、父と母は今でも幸せに笑い合っていたかもしれないのに。

「そうね……。違う未来があったかもしれないわね……」

晶の震える肩を綾瀬が優しくさする。

「でもね？　晶ちゃんは倖田さんの気持ちにより共感できるようだけれど、晶ちゃんのお母さんも間違ってはいないわ。好きだからこそ、その人の前ではとびっきり魅力的な自分でいたいと思うものでしょう？」

その思いがけない言葉に、晶は息を呑み、綾瀬を見つめた。

「晶ちゃんだって、諏訪さんの前では、一番可愛い自分でいたいって思うんじゃない？ずっとずっと自分に恋をしていてほしいでしょう？」

「そ、れは……」

「もちろん、失望なんてされたくないし、絶対に嫌われたくない。大好きだからこそ。その気持ちは、誰もが抱くものでしょう」

晶は顔を歪め、頷いた。

そのとおりだ。

「……はい……」

「ね？　晶ちゃんのお母さんも、倖田さんも、間違ってなんかいないのよ」

綾瀬がにっこりと笑って、まるであやすように晶の肩をポンポンと叩く。

「晶ちゃんのお母さんは、人一倍頑張り屋さんだっただけよ」

「……はい……」

「そして、倖田さんは、人一倍優しかったのよ。愛する妻と娘のために離れるなんて、普通できることじゃないわ」

「っ……はい……」

「誰も悪くないの。幼馴染みの方もよ？　彼は彼で、大切な友人を助けようとしただけだもの。みんな良い人だっただけ。でも、それぞれの良さがかみ合わなくて、ボタンをかけ違えてしまった。そして、それがもとに戻らなかった。それだけなのよ」

なんとも言えない苦い思いに、深いため息をつく。

誰も悪くなかったからこそ、むしろ修復が難しかった。そういうことなのだろう。

「大切な人を傷つけた家族がいる地元には戻る気になれず、倖田さんは今までまったく縁もゆかりもなかったここを選んで引っ越してきたんですって」

「え……？　あ、それで……」

離婚したあと、どうして地元に戻らなかったのか——ようやくその謎が解けた。

「そして——幸せだったころの思い出をなぞるようにパンを焼きはじめたの」

「そ、それが不思議です……。どうしてパンだったんでしょうか……？　家での父は、そんなことしたことがなくて……。前職だって、まったく関係ありませんし……」

「ああ、晶ちゃんのお母さんと、子供のころの晶ちゃんが大好きだったからですって」

意外過ぎる言葉に、晶はポカンと口を開けた。

「えっ⁉　そ、それだけですか⁉　それだけの理由で⁉」

「あとは、簡単にできないから。没頭するにはよかったそうよ」

「……えー……？」

「そもそも西宮を選んだのも、縁もゆかりもないうえに美味しいパン屋が多いからって理由だったみたいよ」

呆気にとられる晶に、綾瀬が「でも、一からの再出発って、案外そんなものかもしれないわよ？」と言って、にっこりと笑った。

「でも、英断だったと思うわ！　だって、晶ちゃんのお母さんと晶ちゃんを想いながら焼いたパンに家族の思い出を挟んで作り上げたのが、『幸福堂』のサンドウィッチなんですもの！」

「っ……！」

「美味しいはずよね。心に響くはずよね。『どうか幸福でいてほしい』――倖田さんの夫としての、父親としての想いが、すべて入っているんだから」

涙が、あふれた。

（ああ……）

出て行くときの父が、ひどく険しい顔をしていた理由がわかった。

母や晶への愛情が冷めていたからじゃない。むしろ、逆だ。心から愛していたから。

そのうえで、別れを選んだから。

それが悲しくて、苦しくて、痛くて、たまらなかったから――。

「……ふ……」

長年のわだかまりが溶けてゆく。

晶を捕らえていた鎖が壊れてゆく。

すべてが涙となってあふれて、零れて、消えてゆく――。

「そう……ですね……。最高の……選択だったと思います……」

「そうでしょう？」

綾瀬が笑顔で頷いて、身を乗り出すようにして晶の顔を覗き込む。

「だから、寂しいなら寂しいと言わなきゃ駄目なのよ、晶ちゃん」

「……！　あ……」

そうか、そういう話だった。

晶は涙を拭いながら、大きく頷いた。

「はい……。遠慮が過ぎてはいけない……」

「そう。諏訪さんも駄目駄目だけど、晶ちゃんもただモヤモヤしていてはいけないわ。その気持ちは諏訪さん自身にぶつけなさい。もちろん、私は相談に乗らないって話じゃないわよ？　困ったら、いつでも言ってきて。でも、一番に頼るべきなのは諏訪さんよ。もうわかったわよね？」

「はい」

晶は深呼吸をすると、綾瀬に頭を下げた。

「ありがとうございます。それにしても、これだけ事情を知ってらっしゃるなんて……父とは仲が良かったんですか？」

どう考えても、パン屋の店主と客の関係性でする話ではないと思うのだけれど。

首を傾げると、綾瀬がニマッと笑って、悪戯っぽくウインクする。

「ふふふ。実は、ちょっとアプローチしたことがあったの」

「え、ええっ⁉」

爆弾発言どころの話ではない。晶は仰天して、まじまじと綾瀬を凝視した。

「う、嘘……」

あまりに驚き過ぎて、涙も引っ込んでしまった。

「本当よ。それで話してくれたの。ひどいと思わない？　断るためによ？」

綾瀬がぷうっと頬を膨らませる。だがすぐに破顔して、クスクスと楽しげに笑った。

「笑っちゃうわ。『そういうわけで、僕の心は妻と娘のものなんです』って、すっごくいい笑顔で言われたのよ？」

「っ……」

綾瀬には申し訳ないが——嬉しい。

しかし、それを口にするわけにもいかず困っていると、その表情で察したのだろう。

綾瀬は「いいのよ」とさらに笑みを深めた。

「あなたのお父さんは、世界一素敵な人よ。誇りなさい」

「っ……翠子さん……」

「だからこそ、同じ轍を踏むような真似はしないであげてほしいわ」

晶は大きく頷いた。

父のために、母のために、そして——修人のためにも。

もちろん、晶自身が幸せをつかむためにも。

「好きなら——ちゃんと相手に心を明け渡しなさい」

◇＊◇

「ただいまー」

玄関の扉を開けて、奥へと声をかける。

(あれ？　暗い……？)

リビングの方向を見るも、明かりがついていない。お店だろうか？

店舗へ繋がるドアを開けると、事務所は暗かったが、その先——厨房からは明かりがもれていた。

「諏訪さん？　帰りました！」

奥へと進みながら、再度声をかける。だが、返事はない。

(あれ？　またローディング中かな？)

厨房を覗くと——しかしそこに諏訪の姿はなかった。

「あ、れ……？　おかしいな……」

今日は定休日だ。諏訪が厨房にいなかったとて、何も不思議はない。

だが、コールドテーブルの上にはさまざまな道具や食材が並んだままになっていて、片づけられていない。電気もつけっぱなしだ。

店舗用のトイレにも明かりはついていなかった。

諏訪にかぎって、何もかもやりっぱなしで厨房を離れるなど、ありえない。

「諏訪さん……？」

なんだか不穏なものを感じて、視線を巡らせる。

そして――オーブンの陰に投げ出されている足を見つけて、晶は大きく目を見開いた。

「えっ!?　諏訪さん!?」

バッグやお土産の紙袋を取り落とし、慌てて駆け寄る。

諏訪は頭を両手で抱え込んだ状態で、オーブン脇の勝手口に半身を預けるようにして座り込んでいた。

「諏訪さん!?　諏訪さんっ!?」

傍らに膝をつき、その横顔を覗き込む。

大声で呼ぶも、伏せられた睫毛はピクリとも動かない。

ギョッとするほど悪いその顔色に、背中をヒヤリとしたものが駆け抜ける。

（頭を抱え込んで……頭が痛いの!?）

全身から一気に血の気が引いてゆく。

（記憶っ……！　まさか、記憶が……!?）

晶は床に転がっていたバッグに飛びつき、スマホを取り出した。

「きゅ、救急車……！」

だが、液晶に滑らせた指が途中で止まる。

(待って。記憶障害を知らない病院に運ばれても大丈夫なもの?)

それを知っているかどうかで、処置が変わることもありえるのではないだろうか?

「でも、私……諏訪さんがかかっている病院がどこか……知らない……」

もちろん、倒れた原因が記憶障害と関係があるとはかぎらない。救急車を呼ぶのが、一番早くて確実なのかもしれない。

(でも……)

晶は「うー……」と唸りながらこめかみあたりを拳で叩いて——それからハッとして、コールドテーブルの上に置いてある諏訪のスマホを見た。

「っ……! ゴメン! 諏訪さん!」

しっかり謝ってから、素早くそれを手に取る。

ロック等はかかっていないはずだ。

記録は、再び記憶を失ってしまったときのためのもの。記憶を失ってしまったときにすぐに見ることができなかったら、書きためたものが意味をなさなくなる。

(パスワードだけ覚えてるなんてことはありえないもの!)

案の定、指を滑らせるだけで、すんなり情報が引き出せる状態だった。

「メモか……電話帳……」

必要な情報こそ、すぐに見つけられる場所にあるはずだ。

これはいわば諏訪の命綱なのだから。何も知らない——わからない状態で見たときに一発でわかるようになっていなくては意味がない。

「あった……！」

電話帳は詳細だった。『記憶障害　かかりつけ医』と説明がついた病院名が出てくる。

メモ欄には、担当医の名前まで。

「さすが諏訪さん……！」

晶はすぐさまその番号に電話をかけた。


担当医に連絡後、救急車を要請。諏訪は病院に運ばれた。

すぐさま、さまざまな検査が行われたが、その間も諏訪の意識が戻ることはなかった。

「脳梗塞、脳出血などの緊急を要する症状はありません」

担当医は、宮嶋《みやじま》先生といった。

「明日も引き続き検査をしますが、とりあえずそちらについては心配ないでしょう」

宮嶋がパソコンで検査結果を確認しながら言う。晶はホッとして息をついた。

「それだけでも、よかったです……」

「ですが、それ以外のことについては——たとえばいつ意識が戻るかなどは、なんとも申し上げられない状況です。彼の記憶障害についてはすでにご存じかと思いますが……正直なところ彼に何が起きているのかは、我々にもわからないのです……」

「はい……」

晶は立ち上がって、深々と頭を下げた。

「諏訪を、よろしくお願いいたします……」

そんな晶を見上げて、宮嶋はひどく申し訳なさそうに顔を歪めた。

「……非常に申し上げにくいのですが、覚悟はされておいたほうがよろしいかと」

「ッ……！」

ドクッと心臓が嫌な音を奏でる。晶は唇を噛むと、小さく頷いた。

「再び記憶を失ってしまう可能性……ですね」

「はい。彼の場合、最初に記憶障害を起こしたときの状況もあきらかになっていません。今回のように激しい頭痛があったのか、意識を失ったのか、何もわかっていないのです。はっきりしているのは、頭部に外傷はなかったということ。記憶障害の直接的な原因と見られるような腫瘍や疾患なども一切見られないということです。つまり——」

「今……前回と同じ症状があったとしても……わからない……」

それが、記憶を失う兆候だと判断することもできない。

晶の言葉に、宮嶋がさらに渋い顔をして頷く。

「そのとおりです」

震えが止まらない。

怖くて、怖くて、たまらない。

晶は両手を握り合わせると、再度頭を下げた。

「わかりました……。重ねて、諏訪をよろしくお願いいたします……」


晶は一人――『幸福堂』に戻った。

厨房のコールドテーブルの上には、たくさんのボウルが並んでいた。

そのすべてに、千切りのニンジンが入っている。

その傍らには、広げられたノート。そこには、父の字が並んでいた。

「ニンジン、レーズン、オレンジ、EVオリーブオイル、白ワインビネガー、塩、胡椒、はちみつ……」

だが、書いてあるのはそれだけだ。分量などは一切ない。

さらにその横には、数枚の紙。そちらには、諏訪の字でさまざまな数字や手順などが書かれている。

「そっか……。諏訪さん、ニンジンサンドのレシピを知らなかったんだ……」

そういえば、レシピを教わっていないメニューもあると言っていた。

「復活させようとしてたんだね……」

それを待つ、たくさんのファンのために。

「っ……どうして……」

晶はコールドテーブルに両手をついて、深く項垂れた。

「相談してよ……。諏訪さん……」

◇＊◇

『店主急病のため、しばらく休業いたします』という貼り紙をして——五日が経った。

毎日病院へは通っているが、諏訪の様子に変化はない。意識も戻っていない。

あらゆる検査をしたが意識が戻らない原因と見られる異常は見つけられなかったため、自然に目覚めるのを大人しく待つしかない状況だった。正直——恐怖は募るばかりだ。

「……よし、ＯＫ」
自分を奮い立たせるように言って、玄関の鏡の前でにっこり笑みを浮かべる。
それでも、負けるわけにはいかない。
（しっかりしていなくちゃ……！）
何度も自分に言い聞かせて、深呼吸をする。
そして、玄関の戸を開けようとしたとき――スマホが鳴る。
画面に表示された名前を見て、晶は慌てて指を滑らせた。
「は、はい！」
『藤島晶さんのお電話で間違いないでしょうか？』
「はい！　そうです！」
『あ、お世話になっております』
女性は病院名と自分の名を名乗ると、声を弾ませた。
『諏訪さんの意識が戻られました』
歓喜に安堵、そして思慕――さまざまな感情が一気にあふれて入り乱れる。
胸が苦しいほど熱くなって、息が詰まる。
（ああ、よかった……！）

晶は涙を堪えて身を震わせながら、必死に言葉を紡いだ。

「す、すぐに……行きます！　ちょうど、家を出るところだったので……すぐに！」

『はい、そろそろ来られるころだと思いましたが、早くお伝えしたほうがよろしいかと思いまして』

「は、はい……！　ありがとうございます……！」

この声の様子だと、諏訪がすべてを忘れてしまっているということはなさそうだ。

それが、今すぐ大声で泣き出したいほど嬉しい。

「あ、あの……お願いします！」

『はい？　なんでしょう？』

「私がそちらに到着するまで、絶対に引き留めておいてくださいいいいいいいいいいい！」

『え……？　あ、はい。かしこまりました』

晶は通話を切ると、家を飛び出した。

女性はわけがわからないといった様子だったが、晶には確信があった。

（諏訪さんのことだ、すぐに家に帰ろうとするはず！）

そんなことを許すわけにはいかない。

ゆっくり歩いても二十分ほどの距離だが、たまたま通りかかったタクシーに飛び乗る。

「ものすごく近くて申し訳ないんですが！」

急いでいる旨を伝えて、急行してもらう。

ありがたいことに五分とかからず到着。晶は逸る気持ちを必死に抑えながら病室へ。

ノックもそこそこに、勢いよく扉を開けた。

「……！　晶ちゃん……」

すでに身支度をはじめようとしている様子の諏訪が、晶を見てわずかに目を見開く。

ああ、やっぱりだ！

晶の登場に、宮嶋と看護師たちがホッとした様子を見せる。

晶はそちらに一礼すると、ギラリと諏訪をにらみつけた。

「何をしてるんですか？　ベッドに戻ってください！」

「え……？　でも、もう大丈……」

「戻りなさいっ！」

予想したとおりの態度に、ぴしゃりと言い放つ。

そのあまりの剣幕に、諏訪がビクッと身を弾かせた。

「……は、はい……」

もそもそとベッドに戻るのを確認して、晶はあらためて宮嶋に頭を下げた。

「お手数をおかけして申し訳ありませんでした。殴り飛ばしてでも私が大人しくさせておきますので、大丈夫です」

「えっ……？　な、殴……？」

ギョッとする諏訪をよそに、宮嶋は「わかりました」と頷いた。

「お任せします。あ、でも、打撃を加えるのは頭部以外でお願いします」

「傷は見えない場所にですね？　承知しております」

「え……？　あ、あの……」

「ちょっと黙っててもらっていいですか？　諏訪さん」

にっこり笑顔で黙らせて、宮嶋に今後の確認をする。

意識が戻ったからといって、「はい、そうですか」と帰すわけがない。検査は必須だ。五日間という短い期間とはいえ、諏訪は自力で食事をしていない。『経腸栄養』にて栄養を摂取していた状態だ。その点でも、現在の身体の状態を調べる必要がある。

今、帰るなどもってのほかだ。

「はい、わかりました」

「藤島さんが来てくださって助かりました。では、そのように進めていきましょう」

「はい、よろしくお願いいたします」

重々お礼を言って、お見送りする。

晶はドアを閉めて、ホッと息をついた。

「あの……晶ちゃん、俺、もう大丈夫なんだけど……」

——まだ言うか。

おずおずと言う諏訪をにらみつけて、晶はベッドの傍らにある椅子に座った。

「大丈夫かどうかは、お医者さまが判断することです」

「いや、だけど……意識を失っている間の検査でも、とくに異常はなかったって……」

「それが何か？　意識を失っている間の検査で異常が見つからなくとも、意識回復後の検査を拒否する理由にはなりません」

「……そ、それは……」

「お店が心配なのはわかります。でも、だからこそ言います。中途半端なことをして、再び倒れるようなことがあったらどうするんです？　そっちのほうがよほど迷惑です！　お医者さまから『もう大丈夫』とお墨付きが出るまでは、大人しくしていてください！　そうでなければ、お店は開けられません！　大切なお客さまを振り回すつもりですか!?　冗談じゃありませんよ！」

「…………」

ぐうの音も出ないのだろう。諏訪が押し黙る。

晶はそっとため息をついて、諏訪の横顔を見つめた。

「何を思い悩んでいるんですか？」

「っ……それは……」

「私には言えませんか？　私じゃ力になれませんか？」

晶を見ようとしないまま、再び黙ってしまう。予想していたとおりの反応だった。

晶はもう一つため息をついて、持ってきた紙袋を諏訪の膝の上に置いた。

「これのことですか？」

「え……？」

諏訪が紙袋の中を覗き込み、ハッと身を震わせる。

「これ……！」

「パンはほかのパン屋さんで購入したものなので、完全再現できているわけじゃないと思います。できるだけ、味も食感も似ているものを選びましたが……」

中には、『幸福堂』のニンジンサンド。

情報サイトのレビューやＳＮＳの書き込みを漁ってニンジンサンドの写真を見つけて、それをもとに仕上げたため、見た目も限りなく近い。

「でも、キャロットラペの味はこれで間違いないと思います」

それだけは自信がある。

これこそ、母の思い出の味――。このキャロットラペは、ニンジンが嫌いだった幼い晶のために試行錯誤を繰り返して作り上げてくれたものだからだ。

諏訪は晶を見――そして再びニンジンサンドをまじまじと見つめた。

「食べてみてもいい？」

「あ、ラペの味見だけにしてくださいね。ほんの少し味を見るだけ」

食事にかんしては、宮嶋の指示に従って再開する必要がある。

諏訪は素直に頷き、パッケージを丁寧に開けて、キャロットラペを少しだけつまんで口に入れた。

「……！　ああ、そうだ……。これだ……」

しみじみと呟いて、やっと見つけたというように目を細める。

「美味しい……。『幸福堂』の味だ……」

「……よかった」

晶は唇を綻ばせて――しかしすぐにあらためて居住まいを正すと、まっすぐに諏訪を見つめた。

「レシピの再現で悩んでたんですか？」

「え……？　ええと……」

諏訪が再び晶を見、それから困った様子で視線を彷徨わせる。

「そういうわけじゃない……かな……」

その答えにホッとする。そうだと頷かれたらどうしようかと思っていた。

（ああ、そうだ……。諏訪さんは決して嘘をつかない……）

訊けば、ちゃんと答えてくれる。

「——そうですね。私に訊くのが一番の近道なのはわかってましたよね。『幸福堂』のサンドウィッチは、父が母と私を想いながら焼いたパンに、幸福だったころの思い出を挟んで作り上げたものなんですから」

瞬間、諏訪が息を呑み、大きく目を見開いて晶を見つめる。

「それって……」

「はい、翠子さんから、すべて聞きました」

「そう……なんだ……」

「諏訪さんも知ってたんですよね？」

諏訪は頷いて、「ゴメンね……」と言ってうなじあたりをさすった。

「最初に圭祐さんへの想いを聞いてから、ずっと話そうか悩んでた。でも、俺なんかが語っていいものかなって……。ほら、俺は誰かと深くかかわった覚えがないから……」

いつも穏やかで静かな双眸が、ひどく頼りなげに揺れる。

「圭祐さんの苦悩を、奥さんの深い愛情をちゃんと伝えられるか、自信がなかった……。晶ちゃんをトラウマから解放してあげることができるのか、新たな傷をつけてしまいやしないかって怖くもあって……」

たしかに、その危険性は十二分にある話だった。

まったく別のタイミングで、綾瀬以外から聞いていたら、今のような気持ちで諏訪と向き合っていられたかどうか――晶ですらわからないぐらいだ。

「俺は……過去に俺に深い愛情を注いでくれた人がいたとして……でもそれをまったく覚えていないような人間だから……」

「でも、それは、最近思い悩んでいたこととは別ですよね？」

身を乗り出して、諏訪の横顔を見つめる。

「諏訪さんは、父の想いを知っていた。そのうえで、和風カツサンドのソースの一件もあります。レシピにかんしては、私に訊けば解決する可能性が高いことはわかっていたはずです。それでも、一人で試行錯誤していた……」

そこには、必ず理由があるはずだと思った。

「だから、『レシピを見つけること』じゃなくて、『試行錯誤すること』が目的だったのかなって……」

「っ……」

「何かに没頭していれば、その間は思い悩まずに済むから」

綾瀬の言葉がヒントになった。

父がパンを焼きはじめたのと同じ理由だ。

「……降参。まったくもってそのとおりだよ。まいったな……」

諏訪が両手を上げて、ため息をつく。

「そこは、あんまり触れてほしくなかったところなんだけど……」

わかっている。でも、諏訪を慮って一人で考えていては、前に進めない。

〝設定〟の関係のままでいたくないなら、ずっと一緒にいたいなら、それでは駄目だ。

父に、母に、そう教えてもらった。

晶は立ち上がり、さらに身を乗り出すようにして諏訪の顔を覗き込んだ。

「それを理解したうえで、もう一度言います。何を思い悩んでいるんですか？　私には言えませんか？　私じゃ力になれませんか？」

「……それは……」

表情を曇らせて言い淀む諏訪に、胸が苦しいほど締めつけられる。

詮索したいわけじゃない。知ることが目的なわけじゃない。

何に思い悩んでいるかが言えないなら、それでもいい。

ただ、諏訪に寄り添いたい。

諏訪が背負っている悩みを、痛みを、悲しみを、苦しみを、わけてほしい。

自分といるときは、その重みが少しでも和らぐように。忘れられるように。

「っ……〝設定〟の婚約者じゃ、諏訪さんの支えにはなれませんか……？」

諏訪への想いがあふれて、声が不自然に揺れてしまう。

瞬間、諏訪がビクッと身を震わせ、晶へと手を伸ばした。

「そ、そうじゃない……！　ああ、くそ……！　何やってんだ……！　俺……！」

小さく舌打ちして、そのまま晶の身体を引き寄せ、抱き締める。

「っ……諏訪さん……」

晶を包み込んだ熱い体温に、力強い腕に、さらに声が震えてしまう。

「……ゴメン、晶ちゃん。違う、そうじゃないんだ」

そんな晶を強く抱き締めて、諏訪は観念したようにため息をついた。

「俺……焦ったんだよ……。アイツが……篠原修人が来て……」

「え……？　修人、が……？」

「……そう。自分がどんな人間かわからない。覚えていない。だから俺は特別な意味で誰かと深くかかわることができない……いや、しちゃいけないと思っていたんだ」

　その言葉に、晶は身を捩るようにして諏訪を見上げた。

「え……？　どうしてですか……？」

「俺が覚えていないだけで、いたかもしれないから。恋人とか……妻とか、もしかして子供も……」

　瞬間、心臓が大きな音を立てて縮み上がる。

（諏訪さんに……大切な人がいたかもしれない……？）

　もちろん、諏訪が記憶を失った当時の見た目年齢は、二十三歳から二十五歳ぐらい。考えるまでもなく、ありえる話だ。

　だが、あくまでも可能性の話だ。本当にそんな相手がいたかどうかはわからない。

　それでも、胸が引き裂かれるようだった。

「覚えてないからって、すべてをなかったものとして『諏訪悠人』を謳歌するのは違う。そう思っていたし、今もそう思ってる」

衝撃に震える晶を抱き締めたまま、諏訪が肩をすくめる。

「それに、記憶を失った経緯も原因も何もわかってないから、はっきり言って俺は脳に爆弾を抱えた状態なんだよ。また、いつ同じことが起こるかわからないわけだからね。だから……その……まぁ、理由はいくつもあるけれど、とにかくそういうことは避けていたんだよ……」

そう言って――諏訪は晶の肩に顔を伏せ、さらに大きなため息をついた。

「だけど、アイツが来て……。俺、忘れてたんだよ。毎日が、すごく楽しかったから。この関係がいつまでも続くものじゃないってことを……」

「……！」

「俺は〝設定〟の婚約者で、『幸福堂』を続けていくうえでのパートナーで、同居人だ。晶ちゃんは若いし、これから恋もするだろう？　そうしたら……」

すっぽりと晶を包み込んだ腕に、ぐっと力がこもる。

「いつか……俺の傍からいなくなってしまうんじゃないかって……」

心臓が壊れてしまったかと思うほどの音を立てて、熱く燃え上がる。

一気にあふれ出した想いに晶は身を震わせて、両手で胸を押さえた。

「諏、訪さん……」

「嫌だって思った。絶対に嫌だって。でも、俺に晶ちゃんを縛る権利はない。そもそも、そんなことを思うことすらおこがましい。だって俺は、何一つ約束してあげられない。俺自身が、(仮)《かっこかり》の状態で生きてるぐらいなんだから」

そう言って、諏訪が何度目かのため息をつく。

「それでもうなんかいろいろ手につかなくなってしまって……。もちろん、俺の状況は何一つ変わってない。無責任に手を伸ばしていいはずもなくて……。だから……その、仰るとおり、現実逃避をしてたんだよ。ゴメン。晶ちゃんを悩ませるつもりはなかった。これは俺の気持ちの問題で……晶ちゃんを煩わせることじゃ……」

「いいえ、それは諏訪さんだけの問題じゃない……！」

最後まで言わせず、晶は激しく首を横に振って、諏訪の背に手を回した。

「そんな諏訪さんだからこそ……傍にいたいです……」

覚えていなかったとしても、その過去をなかったことにはしない。

自分の帰りを待っていてくれるかもしれない人に、不誠実な真似はしない。

もちろん、そんな相手はいないのかもしれない。その可能性だって、十二分にある。

それでも、同じだ。それがはっきりするまでは、新しく恋をはじめることなどしない。

その誰かのためにも。そして今、心を寄せた人を傷つけないためにも。

その誠実さこそ、諏訪だ。

そんな諏訪だからこそ、惹かれた。

「心に懸念を抱えたまま、罪悪感を覚えたまま、無理に恋愛する必要なんてありません。そんなことしなくていい……」

そんなことをしてほしいわけじゃない。むしろ、してほしくない。諏訪が苦しむのは目に見えている。それでは、意味がない。

「将来の約束なんていりません。だから、傍にいさせてください……！」

晶は顔を上げ、驚いた様子で目を丸くする諏訪をまっすぐに見つめた。

「その不安も、恐怖も、少しでもいいから私にわけてください……」

「……晶ちゃん……」

「一緒にいたいです……。諏訪さん……」

「っ……」

諏訪がうっすら顔を赤らめ、ひどく戸惑った様子で視線をそらす。

「だから、甘やかしちゃ駄目だよ……。なんで受け入れちゃうんだ……。俺、なかなか最低なこと言ってるはずだよ？　俺は何もあげられないのに、君のことを……」

「だから、甘やかしてなんかいません。だって、これは私の望みですから……」

諏訪の願いを叶えたわけじゃない。

「少し前から諏訪さんの口調が少しずつ変わってきていることに気づいてましたよ? 視線もより優しくなって、微笑む回数も増えて、私、それがすごく嬉しかったんです」

そんな何気ない小さな変化が、幸せだった。

このまま〝設定〟が本物になってくれるんじゃないかって夢を見られて。

「私こそ、願ってたんです。傍にいたいって……」

「晶ちゃん……」

「だからこそ、あんな……無理やり線を引くような真似はしてほしくありません……! もう一度言います、これは諏訪さんだけの問題じゃない……! 私も諏訪さんと一緒にいたいんです……!」

だから、最低なんてことはない。むしろ、願ったり叶ったりだ。

一般的な恋愛と違っていたっていい。

未来の約束がなくったって構わない。

重要なのはそんなことじゃない。

「ほかには何もいりません。『幸福堂』でずっと一緒にサンドウィッチを作っていく。それだけで充分です」

晶はきっぱりと言って、晴れやかに笑った。

誓いのキスはおろか、愛の言葉すら必要ない。

これまでどおり、『幸福堂』でともに、優しく、穏やかな日々を送れるだけでいい。

それこそが、晶の望む幸せだ。

「……降参」

晶の笑顔に、諏訪がまいったとばかりに息をつく。

「そんなプロポーズ、断れるわけないだろ……」

ほとほと弱り果てたように言うのに、晶を抱き締める腕は緩まない。

それが嬉しくて、晶はクスクス笑いながらその胸に顔を埋めた。

「もちろん、逃がしてあげるつもりなんてありませんから」

◇＊◇

諏訪が倒れた日の翌々週の土曜日に、『幸福堂』は再々オープンとなった。

店の貼り紙やＳＮＳのアカウントなどをこまめにチェックしてくれていたのだろう。

オープン時間の十五分前には、お店の前にかなりの人だかりができていた。

「ちょっと早いけど、開けてもいいですか？」

厨房に声をかけると、「うん、もう大丈夫」と返ってくる。

晶は急いで店のドアを開けた。

「寒いのに……ありがとうございます！」

瞬間、待っていた人たちがワッと寄ってくる。

「二週間以上も休んで！　なぁ、諏訪さん、ほんまに大丈夫なん⁉」

一番手は和代だ。その後ろには、高畑一家。さらには、美琴の友達のあやみ、梨都、絵里奈の姿もある。

そして、江原夫妻に綾瀬、そのほかたくさんのお客さまが。

諏訪の事情を知っている人は多くない。だからこそ、ほとんどの人にとって、諏訪が倒れたのはかなりショッキングなできごとだったらしく、みんな一様に心配そうだ。

「あ、はい。もう大丈夫ですよ。ええと……」

かなりの人数だ。一度に店内に入ることはできない。

（でもきっと、みんな諏訪さんと話したいよね……）

だったら、諏訪には一旦表に出てきてもらったほうがスムーズかもしれない。そして、満足した人から、店内に入って購入してもらう。――よし、それでいこう。

ちょうど背後で音がして、サンドウィッチを持った諏訪が厨房から出てくる。

晶は振り返った。

「悠人さん、みなさんが……」

「――っ!?」

瞬間、諏訪がビクッと身を弾かせ、ひどく驚いた様子で晶を見る。

（あ……！）

もちろん、普段は「諏訪さん」と呼んでいる。しかし、以前あやみに「婚約者やのにまだ『諏訪さん』なん？　名前で呼ばへんの？」と言われたことを、声をかける瞬間に思い出し、「悠人さん」と呼んでみたのだが――まずかっただろうか？

お互いへの気持ちをたしかめ合ったことで、ほとんど嘘ではなくなったが、対外的な〝婚約者設定〟はそのままだ。

（それもあってのことだったんだけど……）

まさかフリーズしてしまうなんて。

「あの、悠人さん？」

大丈夫だろうか？

おずおずと呼びかけると、諏訪が再度身を震わせて、慌てた様子で片手を上げる。

「っ……いや、あの……ちょっと待って。何？　急に……」

そしてそのまま、カッと顔を赤らめた。

「え……？」

意外な反応に、思わず目をぱちくりさせてしまう。

と同時に、晶の背後でどよめきが起こった。

「嘘！　諏訪さんが真っ赤になってる！」

「マジか！　諏訪さんにそんな機能ついてたんや！」

「嘘やろ？　情緒という情緒は死滅してたんちゃうん⁉」

「ついこの間まで、晶さんが元カレと出てってもぼーっとしとったくせに！」

絵里奈の言葉に、すかさず綾瀬が食いつく。

「えっ⁉　晶ちゃんの元カレ⁉　私、その話知らないわ！　詳しく！」

「何それ！　もしかして諏訪さん、晶ちゃんに捨てられかけて倒れたん⁉」

「それで表情筋が息を吹き返すなら、もう三回四回捨てたりぃや！　晶ちゃん！」

「それ、ナイスアイデアちゃうん！　情緒もぐんぐん育つかもしれんで！」

――ものすごく勝手なことを言われている。

「………」

ひどい虚無感に襲われた様子で明後日の方向を向いた諏訪に、江原がため息をつく。

「今のは、悠坊があかんわ……。そんな反応したら玩具《おもちゃ》にされるに決まっとるやろ？」

「そうやな、どうぞ弄ってくださいと言っとるようなもんや」

和代の旦那さんも大きく頷く。

「…………」

諏訪はそれには答えず、やれやれと息をつくと、「本当に、ご心配をおかけしました。もう大丈夫です」とだけ言って頭を下げ、そのまま奥に引っ込んでしまった。

しかしそれでも、みんなは安心したらしい。

よかったよかったと笑い合いながら、順番に手の消毒をはじめる。

その笑顔だけでも、諏訪がどれだけみんなに愛されているかわかる。

「あら、ニンジンサンドがあるじゃない」

ほっこりと温かな気持ちに浸っていると、いち早く店に入ってきた綾瀬が、鮮やかなオレンジ色が美しいサンドウィッチに目を留める。

唯一、諏訪の事情も、父の離婚理由も、『幸福堂』のサンドウィッチのはじまりも、そして晶の諏訪への想いも知っているからだろう。ひどく嬉しそうに微笑む。

それが幸せの証であることを知っているからこそ――。

「レシピ、完成したのね？」

「はい、これも母の味なんです」

晶はキラキラ輝く最高の笑顔で、頷いた。

「幸せの味を、どうぞ召しあがってください！」

あとがき

はじめまして、あるいはおひさしぶりです。烏丸紫明です。

このたびは『ニシキタ幸福堂～なりゆき夫婦のときめきサンドウィッチ～』をお手に取っていただき、ありがとうございます。楽しんでいただけましたでしょうか。


ずっと書きたかったお話をようやく形にすることができました。

構想自体は二〇一八年に。そして、二〇一九年の春あたりから取材を重ねていました。

きっかけは、作中でも紹介した『名次珈琲店』の『シンプル卵サンド』を食べたこと。晶と同じく、びっくりしたんですよ。あまりに美味しくて。名前どおりシンプルなのに、なんでこんなに美味しいの!? って。最初、本当に意味がわかりませんでしたもん（笑）。

それで『サンドウィッチは無難な食べもの』という概念をものの見事に壊されまして、サンドウィッチが美味しいお店を調べては足を運ぶようになり、その奥深さを知って、『書きたい……！』と強く思うようになりました。

何気なく食べているものがとびきり美味しかったときに感じる、小さな幸せ。

そんな――ほかほか温かいものを、みなさまにお届けできていたら嬉しいです。

それでは、謝意を。

イラストは、前回に引き続きななミツ先生に描いていただけました！　今回も本当に素晴らしいイラストをありがとうございます！

細やかな指摘と心配りで、烏丸を支え――導いてくださった担当さま、本が出るまで尽力してくださった編集部のみなさま、デザイナーさま、校閲さま、営業さま。そして、この本を並べてくださる書店さま、本当にありがとうございます！

取材に協力してくれた両親と相方にも、心からの感謝を！

何より、この本を手に取ってくださったみなさまに、最大級の感謝を捧げます！

それではまた、みなさまにお目にかかれることを信じて。

二〇二一年　七月

烏丸紫明

この物語はフィクションです。
実在の人物、団体等とは一切関係がありません。
本作は、書き下ろしです。

■参考文献
『西宮つーしん』
https://nishi2.jp/

烏丸紫明先生へのファンレターの宛先

〒101-0003　東京都千代田区一ツ橋2-6-3　一ツ橋ビル2F
マイナビ出版　ファン文庫編集部
「烏丸紫明先生」係

Fan
ファン文庫

ニシキタ幸福堂
なりゆき夫婦のときめきサンドウィッチ

2021年7月20日　初版第1刷発行

著　者　　烏丸紫明
発行者　　滝口直樹
編　集　　山田香織（株式会社マイナビ出版）
発行所　　株式会社マイナビ出版
〒101-0003　東京都千代田区一ツ橋2丁目6番3号　一ツ橋ビル2F
TEL 0480-38-6872（注文専用ダイヤル）
TEL 03-3556-2731（販売部）
TEL 03-3556-2735（編集部）
URL https://book.mynavi.jp/

イラスト　ななミツ
装　幀　山内富江＋ベイブリッジ・スタジオ
フォーマット　ベイブリッジ・スタジオ
ＤＴＰ　富宗治
校　正　株式会社鷗来堂
印刷・製本　中央精版印刷株式会社

 ISBN978-4-8399-7636-1
Printed in Japan

Fan
ファン文庫

天狗町のあやかしかけこみ食堂

著者／栗栖ひよ子
イラスト／細居美恵子

和服イケメンの紅葉とともにあやかしたちの悩みを解決していく——ほかほかグルメ奇譚！

祖母から食堂『ほたる亭』を引き継いだのだが…そこは、人間だけではなく神様もやってくる食堂だった…!?